VOLTA AO MUNDO DOS CONTOS

NAS ASAS DE UM PÁSSARO

Título original em francês
Tour du monde des contes sur les ailes d'un oiseau

Coordenação editorial Malu Rangel e Graziela Ribeiro dos Santos
Preparação Rodrigo Villela
Revisão Carla Mello Moreira e Gislaine Maria da Silva

Edição de arte Leonardo Carvalho
Diagramação Signorini
Produção industrial Alexander Maeda
Impressão Bartira

Dados Internacionais de Catalogação na Publicação (CIP)
(Câmara Brasileira do Livro, SP, Brasil)

Gendrin, Catherine
Volta ao mundo dos contos nas asas de um pássaro / contos adaptados por Catherine Gendrin; ilustrações Laurent Corvaisier; tradução Heitor Ferraz Mello. — São Paulo: Edições SM, 2007.

Título original: Tour du monde des contes sur les ailes d'un oiseau
ISBN: 978-85-7675-158-8

1. Contos - Literatura infantojuvenil
I. Corvaisier, Laurent. II. Título.

06-8826 CDD-028.5

Índices para catálogo sistemático:
1. Contos : Literatura infantil 028.5
2. Contos : Literatura infantojuvenil 028.5

1ª edição brasileira 2007
16ª impressão 2022

SM Educação
Avenida Paulista 1842 – 18°Andar, cj. 185, 186 e 187 – Cetenco Plaza
Bela Vista 01310-945 São Paulo SP Brasil
Tel. (11) 2111-7400
atendimento@grupo-sm.com
www.smeducacao.com.br

Volta ao mundo dos contos

Nas asas de um pássaro

Para Ulysse e Idir,
Samuelle e Solal
Catherine Gendrin

Para Théo, Lou e Salomé
Laurent Corvaisier

Contos adaptados por Catherine Gendrin

Ilustrações Laurent Corvaisier

Tradução Heitor Ferraz Mello

Sumário

Nossa volta ao mundo dos contos poderia seguir qualquer caminho. Foram, na verdade, todos os povos que imaginaram estas narrativas. E, às vezes, chegaram a pegar algumas delas emprestadas de um país vizinho ou de um viajante de passagem. Não é difícil encontrar versões próximas dos contos selecionados neste livro em diferentes regiões do planeta.

Ciganos
Rússia
Sibéria
Cazaquistão
China
Índia
Vietnã
Madagáscar
África
austral

Como nasceram as histórias

Um conto de todos e de nenhum lugar, escrito a partir de vários temas tradicionais

Deus tinha se criado criador, então ele criava.

E tudo que criava, colocava na Terra. Seu único cuidado era compor um casal de cada espécie, porque ele não gostava de ficar se repetindo.

Numa bela manhã, Deus pegou uma bola de barro para moldar um homem e uma mulher. A grande invenção do dia era que os dois ficassem em pé. Ele os colocou no forno para cozer o barro, sentou-se na sua poltrona preferida e começou a roncar.

Um cheiro de queimado o tirou do sono. Ele abriu rapidamente o forno, mas... tarde demais! Suas criaturas estavam queimadas, negras da cabeça aos pés, cabelos frisados pelo calor... Ele as examinou, caiu na gargalhada e pensou: "Eis aí o mistério da criação! Elas são magníficas como as noites estreladas. Vou guardá-las!". E as colocou na África.

E Deus recomeçou sua obra: uma bola de barro, uma mulher, um homem, um forno... Novamente ele abriu... Cedo demais! Não estavam cozidos! Brancos, descorados, frágeis, cabelos pálidos... Mas quando a mulher abriu os olhos, claros e azuis como o mar no verão, Deus, que é um homem, logo se apaixonou! Ele achou a mulher bela como a manhã. E deixou essas duas criaturas na Europa.

Desta vez, Deus quer acertar o ponto do cozimento. Nas duas bolas de barro que pega, coloca um pouco de páprica em uma e, na outra, um pouco de *curry*. Ele molda duas mulheres, dois homens e manda para o forno. Agora, já sabe o tempo certo de cozimento, a temperatura correta. Ele abre e... estão no ponto!

Duas têm cor de cobre, e ele as coloca na América. As outras duas, que são mais douradas, vão para a Ásia.

Deus fala:

– Não há mais lugar na Terra. Devo parar com as minhas criações. Ou talvez eu possa criar algo que não ocupe espaço...

E inventa o *conceito*. Um conceito é como uma ideia, e uma ideia não ocupa lugar algum.

Deus encontra uma panela, coloca nela os ingredientes (que já não sabemos mais quais são) e decide que o primeiro conceito se chamará *conceito do amor*... Ele não sabe direito para que isso servirá, então o experimenta, depositando um pouco dessa mistura nas costas do senhor e da senhora Tartaruga. E observa.

O senhor Tartaruga logo sobe nas costas da senhora Tartaruga, eles esperneiam um pouco e acabam dormindo aconchegados... Não tem muita graça, Deus pensa, e acaba esquecendo seu conceito.

Algumas semanas depois, Deus vê ao lado do senhor e da senhora Tartaruga três tartaruguinhas que ele, Deus, não criara!

"Se esse conceito do amor permite que outras tartarugas apareçam, essas tartaruguinhas vão criar outras tartarugas, que vão criar... Bom, a Terra logo estará lotada de tartarugas! Esse conceito do amor é uma catástrofe!", reflete.

No entanto, o senhor e a senhora Tartaruga, cheios de amor, enchem seus bebês tartarugas de carinho... Estão felizes e muito apaixonados!

Os outros animais vão conversar com Deus:

– Nós também queremos conhecer o conceito do amor. Nós também queremos ter bebês!

– Não, não é possível – responde Deus. – Se vocês fizerem bebês, eles vão fazer outros bebês, que vão fazer bebês, que... E a Terra vai explodir sob os pés de todos!

– O problema é seu. Nós queremos bebês!

Deus inventa um novo conceito:

– Se vocês querem bebês que um dia farão outros bebês, vai ser preciso que desocupem o lugar e desapareçam definitivamente!

Deus acaba de inventar o *conceito da morte*...

Mas os animais refletem e, no dia seguinte, os chimpanzés falam para Deus:

– Não ligamos para a morte, nós queremos bebês!

E logo surgem pequenos chimpanzés que fazem toda a floresta rir.

A senhora Girafa pega o senhor Girafa, que vive sempre com a cabeça nas nuvens, e vai se encontrar com Deus:

– Nós queremos bebês!

– O quê? – o senhor Girafa se assusta.

– Fique quieto! Você faz os bebês comigo e, se não gostar, pode ir embora depois. Não tenho medo de ser mãe solteira!

As girafinhas chegam! E para o senhor Girafa elas são mais lindas do que suas nuvens preferidas...

O senhor e a senhora Hipopótamo vêm logo depois... Deus acha que esta criação não deu muito certo e que seria melhor parar por ali... Mas logo vê o senhor e a senhora Rinoceronte esperando por sua vez e percebe que beleza não é tudo na vida. Então, concorda em entregar a parte que lhes cabe no conceito do amor. E cada casal, assim, passa diante de Deus.

Os humanos fazem o que lhes dá na veneta... A senhora Branca acha o senhor Branco sem graça e se enamora do senhor Negro; a senhora Negra sai com o senhor Vermelho, a senhora Vermelha fica apaixonada pelo senhor Amarelo e a senhora Amarela se contenta com o senhor Branco.

Deus ruge:

– Eles estão misturando minhas criações! Que ousadia!

Mas, quando os bebês dessas misturas nascem, Deus, que é um esteta, reconhece que, do ponto de vista artístico, o resultado dera muito certo. E então ele não se importa mais...

Assim, a vida continua com seus nascimentos e mortes.

Certo dia, Deus nota a existência de uma pedra:

– Pedra! Você foi a única que não me pediu crianças!

– Detesto crianças – resmungou ela. – Não quero crianças! Quero ser eterna!

E é por isso que na Terra só a pedra é imortal: porque ela recusou sua parte de amor e de felicidade. E também por isso é costume dizer que, quando alguém é malvado, tem "um coração duro como pedra".

O tempo passa. E, certo dia, uma delegação de pais vai procurar Deus:

– As crianças são adoráveis, mas dão um trabalho danado! Deus, você precisa inventar um conceito que as deixe tranquilas durante algumas horas por dia e que também as faça dormir!

Deus repara nas olheiras de cansaço dos pais e percebe que precisa fazer algo urgentemente.

Coloca em sua grande panela tudo que lhe cai nas mãos: projetos de invenções, ideias esquecidas, sonhos loucos, besteiras de crianças... Faz uma mistureba, prende rapidamente com barbante e dá alguns pacotinhos para os pais:

– Contem isso para eles, é um novo conceito que se chama *histórias*!

Os pais contam as histórias para seus filhos... E funciona!

Enquanto escutam, as crianças ficam calmas. Às vezes, até dormem. E dá até para fazer alguns acordos:

– Se você arrumar seu quarto, posso lhe contar duas histórias esta noite. Se não tomar toda a sopa, não vai ter história.

O quarto é arrumado e a sopa, devorada!

Essas crianças crescem... têm filhos... e se lembram das histórias que seus pais contavam. E as contam para seus filhos, que as contam para seus filhos, que...

E Deus fica contente! A pedra não é a única imortal. As histórias também são eternas. Elas viajam de boca em boca, se misturam, se metamorfoseiam, seguindo seu caminho por toda a eternidade...

As pérolas de Ifira

Um conto de Madagáscar

Neste dia, na ilha de Madagáscar, todo mundo está alegre. Os tambores fazem tremer terra e céu, os cantos se espalham pelo ar. As moças com seus vestidos de cores vivas dançam tanto que até as moscas alucinadas ficam tontas. O cheiro de especiarias, de carne e de frutas embriaga o vento. A cintilação intensa de enormes buquês de flores que cobrem o chão faz o sol morrer de inveja, e até mesmo a lua curiosa põe o nariz na porta do céu, em pleno dia, para admirar a magnífica festa. Hoje, aqui, celebra-se o duplo casamento do jovem rei Andriamihamina.

Só Andriamihamina está com a cara triste. Como quer o costume, quando ele nasceu, seu pai prometeu que ele se casaria com duas meninas de uma importante família. Os anos se passaram e nada pôde desfazer esse juramento.

Ora, as duas moças, Sandroy e Leicho, não agradam ao jovem rei. Elas são pérfidas, ciumentas, fofoqueiras e maledicentes. Andriamihamina suspira: ele sabe que mesmo assim terá que ter filhos com elas. Andriamihamina é rei, mas não conhece nem o amor, nem a alegria em sua casa.

E o tempo flui como aquele rio da melancolia...

Certa noite, o rei sai para passear na beira do rio quando encontra uma jovem garota. Rapidamente, uma chama, doce e ardente ao mesmo tempo, incendeia seu coração. Ele se aproxima e olha para ela deslumbrado: ela parece uma joia vinda do mar. Sua pele tem brilho de nácar, seus olhos são duas estrelas cintilantes, seus dentes são pérolas finas, seu corpo é uma alga dançante, sua boca um coral róseo, e de seus longos cabelos negros e sedosos cintilam centenas de pequenos cauris brancos, que são conchas de curvas delicadas.

Enfim, Andriamihamina encontrou o amor! Nada o impede em seu reinado de ter uma terceira esposa. Então, logo depois, ao som de intensa alegria, festeja-se o casamento do rei com sua bela Ifira.

Sandroy e Leicho, abandonadas, bolam uma vingança terrível contra a rival que havia alegrado o coração do rei. Principalmente agora, que ela tinha tido um filho que chamou de Ravohimena.

Um dia, Andriamihamina anuncia que fará uma longa viagem para visitar um rei vizinho. Sandroy e Leicho esfregam as mãos: elas enfim podem colocar em ação a sinistra vingança que há meses vêm tramando.

Ao anoitecer, elas entram sorrateiramente nos aposentos de Ifira. Jogam no seu cântaro de água um pó maléfico, apoderam-se do bebê, vestem-no com uma roupa suja e esfarrapada e, sem que ninguém perceba, colocam-no numa clareira onde dormem os escravos. De manhã, Ifira se levanta e, sem perceber que seu filho desaparecera, toma um gole de água. Rapidamente sua pele racha, seus lábios secam, seu coração explode, seus intestinos se esvaziam e ela morre, com os olhos virados para dentro. As duas irmãs apanham seu corpo e o enterram na floresta.

Quando os escravos se levantam, encontram a criança largada na clareira. Eles pensam que ela fora abandonada por uma mãe muito jovem, que não podia educá-la, e resolvem ficar com o bebê. O jovem príncipe Ravohimena cresce entre os escravos, sem conhecer suas origens, sem saber que uma mulher vela por seu destino.

O rei retorna de viagem apenas três anos depois. Como seu barco havia naufragado, ele esperou vários meses até que alguém o encontrasse numa ilha deserta. Contam-lhe do desaparecimento de sua querida mulher Ifira e de seu filho. Desesperado, ele adoece na solidão e na tristeza.

E o tempo flui como aquele rio da desesperança...

Ravohimena se transforma num jovem belo e forte. Os trabalhos no campo lhe

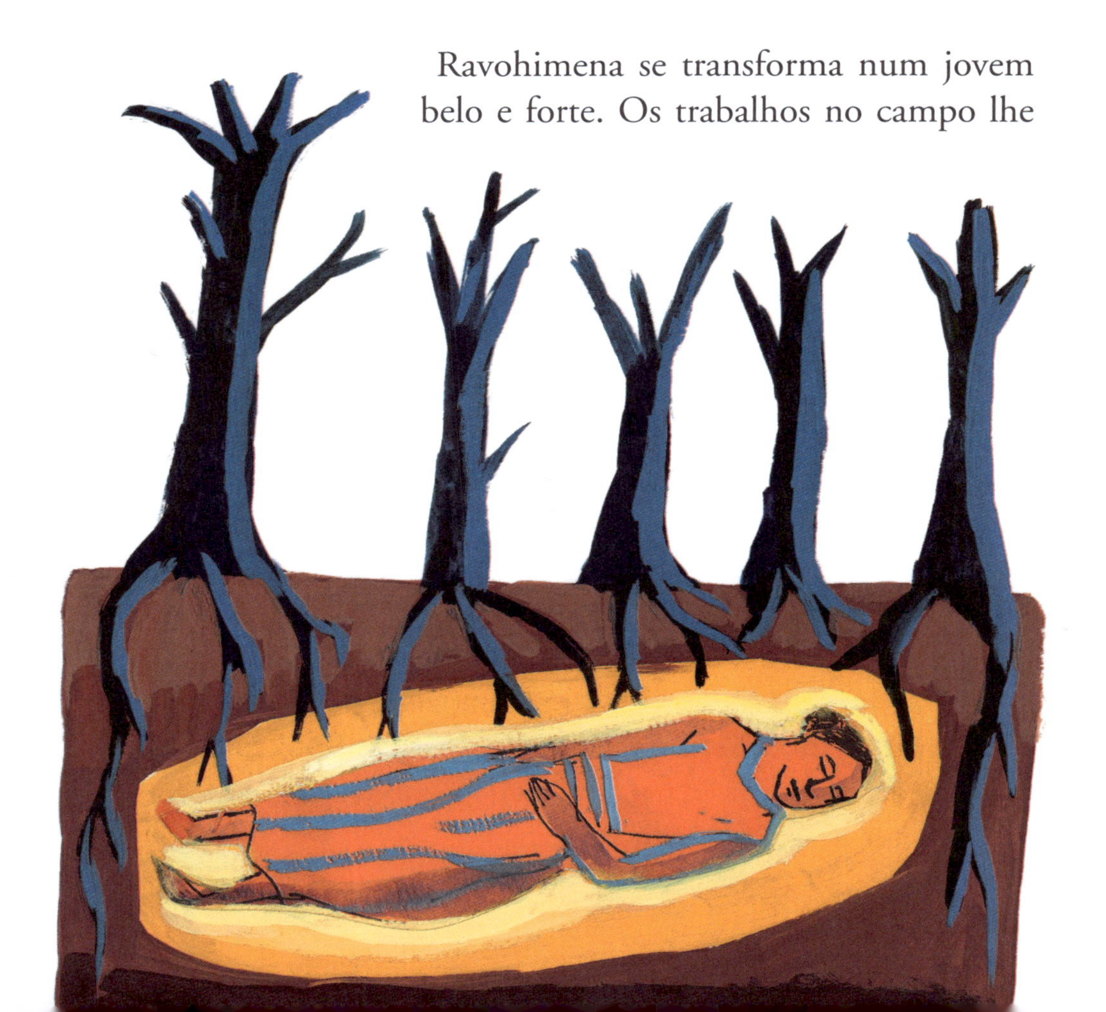

dão músculos de aço e um corpo cheio de vigor. Durante toda sua vida, ele procura descobrir o nome de sua mãe.

– Ela abandonou você! Como quer que a gente saiba? – respondem os escravos.

– Tenho certeza de que minha mãe não me abandonou – repete, obstinado, o garoto. – Eu consigo ouvir sua doce voz nos meus pensamentos, como quando ela cantava para mim.

Uma noite, uma velha senhora aparece em meio aos escravos. Ela vai até Ravohimena. De repente, abraça-o contra o seu peito e lhe diz:

– Não reconhece mais o cheiro daquela que o embalou? Sou sua velha ama, a confidente da rainha Ifira.

E ela conta ao jovem como, na noite do crime, ela viu tudo. E porque preferiu não falar nada, com medo de que as duas ciumentas pudessem matá-lo, a ele, aquela pobre criança indefesa. Depois, ela lhe disse onde sua mãe fora enterrada.

Na manhã seguinte, Ravohimena vai à floresta, até o lugar onde sua mãe repousa. Ele planta um galho de árvore e chora. Depois, com uma segurança espantosa, o garoto procura o rei e lhe diz:

– Venha comigo, sei onde Ifira descansa.

O rei, impressionado com o olhar confiante do rapaz, o segue.

Ele se ajoelha diante do túmulo de Ifira e as lágrimas escorrem sobre seus joelhos, caem no chão, regam o galho que Ravohimena tinha plantado. No lugar daquele galho, uma árvore começa a surgir e a crescer rapidamente. Os ramos se abrem, leves e graciosos, e se enchem de frutos diferentes.

O rei se aproxima. E percebe que não são frutos, mas centenas de pérolas e de cauris brancos...

– Minha doce Ifira, pérola do mar, você voltou? – murmura, transtornado.

Os membros do séquito real, ávidos, aproximam-se para colher as finas pérolas, mas os galhos levantam-se para o céu e se protegem com espinhos afiados. O jovem Ravohimena afasta esses homens ambiciosos com autoridade.

Sob a árvore, ele estende uma esteira colorida e diz:

– Oh, mãe Ifira, sou seu filho ou filho de um escravo? Se sou seu filho, que as pérolas caiam sobre esta esteira.

Rapidamente, os espinhos desaparecem, os galhos mergulham graciosamente no chão e, uma por uma, as pérolas rolam sobre a esteira.

O silêncio invade toda a floresta e todos escutam o canto do rio da libertação. A velha ama se aproxima do rei Andriamihamina e, com a voz fraca, conta-lhe toda a verdade.

Sandroy e Leicho, as duas irmãs ciumentas, são capturadas.

Andriamihamina traça na areia, com a ponta de sua bengala, estranhos desenhos, enquanto pronuncia palavras incompreensíveis que as duas irmãs escutam, espantadas.

De repente, Sandroy se transforma num gafanhoto e Leicho, num lêmure[1].

E todo mundo cai na gargalhada vendo o gafanhoto pulando enquanto tenta fugir do lêmure, que quer comê-lo.

1. Lêmure é uma espécie de primata africano, encontrado em Madagáscar e nas ilhas Comores. Tem corpo e membros esguios, cauda e focinho longos. Acredita-se que se assemelha aos ancestrais dos macacos. (N. da E.)

evo

A CANGA PRETA

Um conto da Costa do Marfim

Quando Fatou sentiu as primeiras dores do parto, ela avisou as mulheres, que logo prepararam tudo.

E Fatou empurrava, empurrava. Mas a criança não vinha.

Ela gritava, gritava, mas a criança não vinha.

A noite caiu, o dia nasceu, e a noite seguinte passou. A criança não vinha.

O marido de Fatou esperava. Estava louco de impaciência. Até mesmo o feiticeiro apareceu.

O feiticeiro fez seus encantos, mas a criança não vinha. Então ele disse para os homens:

– Vocês têm que fazer as danças rituais do nascimento.

E os homens dançaram. Durante oito dias. As mulheres na cabana, e os homens do lado fora.

Enfim, uma menininha nasceu!

Mas parece que não havia luz suficiente na Terra para brilhar ao mesmo tempo nos olhos de Fatou e nos de sua filha. Quando a criança deu seu primeiro grito, a mãe deu seu último suspiro. E morreu.

O marido de Fatou ficou muito triste. Ele cobriu sua mulher com uma bela canga branca, na qual se via bordada uma pequena águia, e a enterrou.

Sua filha, a pequena Aiwa, era tão bela quanto a mãe. Ela estava sempre sorrindo. E, mais tarde, começou a cantar. Ver a menina viver era uma enorme felicidade para todos.

Quando Aiwa fez dois anos, seu pai casou-se de novo. Mas não foi uma boa ideia. Ele escolheu mal a segunda mulher. Ela era malvada e tinha inveja da beleza de Aiwa, inveja de seu sorriso, inveja de suas canções. Dá para acreditar que alguém tenha inveja das canções de uma criança?

Aiwa cresceu. A madrasta era cada vez mais cruel com ela. Batia, obrigava que trabalhasse de sol a sol. Aiwa para lá, Aiwa para cá, um cascudo aqui, uma palavra maldosa ali... Mas Aiwa estava sempre sorrindo.

Esse sorriso deixava a madrasta furiosa de raiva. Esse sorriso lhe dava náuseas.

Um dia, resolveu se livrar de Aiwa.

Ao amanhecer, ela lhe disse:

– Pegue esta canga preta. Vá lavá-la no rio e só volte quando ela estiver branca. Branca como esta nuvem. Se voltar antes, eu lhe dou uma surra!

Aiwa ficou com medo, mas mesmo assim sorriu. E esse sorriso fez um vulcão explodir na barriga da madrasta. E ela bateu e bateu em Aiwa, que saiu correndo para molhar a canga no rio.

Ela a molhou, molhou, molhou. Era um rio normal, com peixes que nadavam, sapos que coaxavam e uma correnteza que descia sempre no mesmo sentido. Mas a água passava sobre a canga sem molhá-la.

Então Aiwa voltou para a estrada e, para ter coragem, como sempre fazia, cantou:

Mamãe, se aqui você me visse
Aiwa ô! Aiwa!
O rio não quer molhar esta canga
Aiwa ô! Aiwa!
Mamãe, se você me visse, lálálá
Aiwa ô! Aiwa!

Ela andou dias e dias, semanas e semanas, talvez até mesmo meses e meses.

E encontrou uma grande árvore, uma paineira que se inclinava sobre a estrada.

Represada no tronco havia uma água amarela, mas límpida. Sobre o tronco, grandes formigas, do tamanho de caranguejos, com pinças enormes, caminhavam, guinchavam, se cruzavam. E num galho, um abutre azul, grande como um touro, com um bico longo como um braço, olhava para ela com olhos brilhantes e ameaçadores.

Aiwa não teve medo. Ela molhou a canga na água da paineira, molhou e molhou. Mas a canga não ficava molhada. Então ela continuou andando.

Aiwa ô! Aiwa!
Aiwa ô! Aiwa!

Ela chegou à aldeia dos macacos-vermelhos. E contou para eles sua história.

Os macacos ficaram indignados com a maldade da madrasta. Para consolar e ajudar Aiwa, eles a levaram até um riacho. Aiwa molhou e molhou a canga preta na água do riacho dos macacos-vermelhos, molhou e molhou, mas a canga preta não ficou molhada...

Aiwa ô! Aiwa!
Aiwa ô! Aiwa!

A pequena Aiwa andou, andou. Andou até a floresta proibida. Ela não queria entrar, mas um vento a empurrou para dentro. Tudo era estranho e inquietante. As árvores, as plantas, as pedras que falavam...

Os galhos se abaixavam e depois se levantavam, ondulavam como centenas de serpentes. As raízes rangiam, a terra suspirava e suspirava. Aiwa ficou com medo, queria fugir. Ela tentou dar meia-volta, mas os galhos barraram sua passagem. Então, continuou o seu caminho.

Enfim, ela chegou a uma clareira. E lá havia uma fonte clara.

Tudo era belo e calmo. Molhou a canga preta e a água encharcou o tecido. Então Aiwa começou a esfregar e esfregar.

Ela esfregou durante dois meses inteiros.

Ela ficou com a mão cheia de bolhas. Mas a canga continuava preta.

Então, desesperada, cantou:

Mamãe, venha ver sua filha
Aiwa ô! Aiwa!
A água molhou a canga
Minhas mãos esfregaram a canga
A canga preta não ficou branca
Aiwa ô! Aiwa!
Mamãe, venha ver sua filha, lálálá
Aiwa ô! Aiwa!

No céu, uma nuvem branca apareceu e se aproximou de Aiwa. Era uma nuvem com formas de mulher. E Aiwa reconheceu sua mãe, que ela nunca tinha visto.

A mulher lhe deu uma canga branca. Aiwa a segurou e entregou a canga preta. A mulher a pegou, sorriu para ela e foi--se embora.

Aiwa apertou a canga branca contra o corpo. Feliz, começou a correr. Queria chegar logo em casa, os galhos das árvores ameaçadoras agora se abriam para que ela passasse.

Ela não corria, voava! Seus pés nem tocavam o chão! Ela não entendia o que estava acontecendo!

Em alguns minutos, já estava na aldeia.

O sol estava se deitando. Aiwa percebeu que ali não havia passado um dia sequer.

Toda contente, ela estendeu a canga branca para a sua madrasta.

Mas na canga a malvada mulher viu uma pequena águia branca bordada. E reconheceu a canga na qual a primeira mulher de seu marido tinha sido enrolada quando morrera.

Ela deu um grito de pavor!

Então, a pequena águia branca saiu da canga. E cresceu, cresceu, cresceu, transformando-se num pássaro enorme.

Com suas garras imensas, á águia agarrou a madrasta. E saiu voando pelo ar. Elas desapareceram e nunca mais foram vistas.

E no rosto de Aiwa um grande sorriso apareceu!

Mamãe,
Você viu sua filha
Aiwa ô! Aiwa!
Mamãe
sua filha a viu
Aiwa ô! Aiwa!
E a canga preta
ficou branca
Aiwa ô! Aiwa!

A BOFETADA

Um conto do Senegal e da África Ocidental

Num pequeno país, um déspota[2] tomou o poder. Ele não foi o primeiro, nem será o último.

Para governar, ele precisava – como todo tirano precisa – que seu povo tivesse medo dele e que fosse ignorante.

A parte do medo não foi difícil: aquele que desobedecesse teria a cabeça cortada. Aquele que o contradissesse teria a cabeça cortada. Aquele que não o reverenciasse com a cabeça teria a cabeça cortada. Às vezes, ele cortava cabeças sem motivo algum, apenas por divertimento. Mais tarde, escolheu os homens mais tolos, covardes, fracos, hipócritas e egoístas e os colocou em postos-chave do reino: no exército, na polícia e em serviços de espionagem.

Tornar um povo burro é um processo mais demorado. Como primeira medida, o déspota proibiu as crianças de aprender a ler e a escrever e mandou fechar as escolas. Porém aqueles que sabiam ler liam os livros para aqueles que não sabiam. Por isso, ele mandou queimar todos os livros do reino.

2. Chamamos de déspota a todos os governantes que exercem o poder com tirania. (N. da E.)

Os tiranos sempre detestaram os livros. Mas os contadores de história chegaram e começaram a contar aquilo que antigamente lia-se nos livros. O déspota proibiu os contadores, os conversadores e as histórias.

Mas à noite, no recôndito das casas, as mães ainda contavam velhas lendas aos filhos para embalá-los e povoar seus sonhos.

Os tiranos desconfiam dos sonhos da noite, pois podem se transformar em ideias durante o dia.

Ele bem que quis proibir as mães, mas logo o desaconselharam.

Sem elas, o país corria o risco de desaparecer.

Então, o déspota as cobriu dos pés à cabeça com um tecido. Elas ficavam inteiramente escondidas, não dava para ver nada. E ele ordenou que ficassem mudas. Apenas suas mãos – que lavavam, preparavam a comida e se mexiam – apareciam.

Certo dia, um espião avisou ao déspota que numa aldeia distante uma senhora ensinava crianças a ler e escrever traçando palavras na areia. Quando a lição terminava, eles apagavam tudo.

O déspota decidiu, então, aplicar uma punição exemplar. Reuniu todo seu povo e mandou trazer a mulher amarrada. Com um gesto bruto, ele arrancou o pano que cobria o rosto todo enrugado dela. As rugas do sofrimento se misturavam inextricavelmente com linhas mais finas, advindas de todos os sorrisos que a mulher oferecera durante a vida. E em meio a essas linhas embaralhadas brilhavam dois olhos enormes, profundamente pretos.

– Então, velha decrépita, como ousa deter o saber e, pior ainda, transmiti-lo?

– Oh, não! – respondeu a mulher. – O que sei é apenas uma gota no oceano do conhecimento!

– Muito bem, vejamos se esta sua gota vai boiar ou afundar no oceano! Vou fazer uma pergunta e, se você não conseguir responder, cortarei sua cabeça, como de costume... E depois cortarei a de todas as crianças que você queria ensinar a ler e, por que não?, a refletir!

Diante do déspota, havia uma pequena fogueira. Com uma pinça, ele pegou uma brasa bem vermelha e a jogou num cântaro cheio de água. *Psssshhhhiiiitttt!!!*

– Então, velha ridícula, diga-me se este *pshittt* que você acabou de ouvir é da água ou da brasa?

– Acredito que seja tanto da água como da brasa... – respondeu a mulher.

– Sim, mas qual a exata proporção de intensidade? – zombou o déspota.

A velha não sabia o que responder. Ela ficou pálida e esperou a morte. Mas de repente lembrou-se de que as crianças também teriam a cabeça cortada. Então, a raiva a invadiu. Uma raiva enorme, fantástica, cataclísmica, uma raiva histórica!

E essa raiva foi boa conselheira. Dominando-a por alguns segundos, ela se aproximou do déspota com muito respeito, inclinou-se humildemente, levantou seu braço e, com toda a força de seu ódio, sua mão – *claque!* – esbofeteou a cara do tirano.

– Quem foi que fez o *claque* que você acabou de ouvir, minha mão ou seu rosto? E, principalmente, em qual exata proporção de intensidade? – perguntou a velha.

O déspota, atordoado, esfregou o rosto. Ele estava com um ar tão espantado que o povo começou a rir, uma risada com

tanto ardor, tanta intensidade que até mesmo o medo que sentiam se dissipou. E eles eram muitos! Atiraram-se sobre os generais, sobre os espiões e sobre o rei. Eles os amarram e os largaram completamente nus na floresta.

Certamente o leão os atacou, o crocodilo os devorou, o leopardo os mastigou, a hiena lambeu seus ossos e a terrível pantera vermelha sorveu o pequeno cérebro deles... Mas não vamos chorar!

Depois, naquele país, todas as crianças aprenderam que a raiva e o riso são as armas dos pobres.

A JOVEM INTELIGENTE

Um conto do Marrocos

Era uma vez um rei que adorava apostas. Ele gostava tanto de enigmas que, quando precisava punir um de seus súditos, propunha uma adivinhação e dava ao prisioneiro três dias para decifrá-la. Se a resposta fosse correta, o homem era absolvido; caso contrário, ele conheceria a misteriosa e assustadora sala de punições.

Dois amigos moravam numa aldeia. Larbi, o oleiro, era alto e magro, de natureza calma e discreta. Viúvo, ele cuidava apenas da filha Houria, famosa pela beleza e por sua vivacidade de espírito.

O segundo, Hassan, o vendedor de óleo, era pequeno, gorducho e jovial, e às vezes sua língua era mais rápida que seu pensamento.

As lojas dos dois amigos ficavam uma de frente para a outra, numa rua tão estreita que eles podiam ficar conversando enquanto trabalhavam.

Certa noite, Hassan foi tomar chá com seus amigos. A discussão estava bastante animada. Eles falavam sobre o rei quando Hassan, um pouco empolgado por todas aquelas palavras e pelo calor morno da noite de verão, declarou:

– Não tenho medo do rei! Se quiser, ele pode me chamar que não abaixarei meus olhos diante dele!

As palavras voaram, deram piruetas e, de boca em boca, de beco em beco, acabaram chegando aos ouvidos do rei.

Logo que o sol se levantou, o rei mandou chamar Hassan e lhe comunicou:

– Já que você vive se gabando de não ter medo de mim, terá que desvendar um enigma. E dou três dias para que você me traga a resposta correta. Senão, vai direto para a sala de punições! Há três vasos, o primeiro está vazio e rachado, o segundo está meio cheio com água fresca, e o terceiro está cheio. Do que se trata?

Hassan voltou para casa. Pensou e repensou a frase do rei, mas nada de encontrar o significado oculto. Lamentou ter sido tão arrogante. Mas, envergonhado, não diz nada para ninguém.

Houria, no dia seguinte, percebe a expressão triste de Hassan e pede a seu pai:

– Tente descobrir por que seu amigo está tão chateado.

Larbi procura Hassan, que finalmente revela tudo:

– Talvez minha filha possa ajudá-lo! – consola-o Larbi.

– Ninguém consegue desvendar esse enigma!

E Hassan começa a chorar feito criança. Assim que Larbi conta o enigma à filha, Houria não precisa de muito tempo para decifrá-lo:

– A resposta é muito simples: o vaso vazio e rachado simboliza aquele que não gosta de receber visitas, nem de ser convidado. O vaso meio cheio representa aquele que gosta de ser convidado, mas não gosta de receber. Quanto ao terceiro, transbordando de água fresca, é a imagem daquele que gosta de receber e ser recebido. Aprender a receber e a oferecer ao mesmo tempo: esse é o significado do enigma.

No terceiro dia, Hassan, tremendo, repete as palavras de Houria ao rei, que desconfia:

– Quem foi que lhe soprou a resposta certa?

– Ninguém, meu rei! Eu mesmo a encontrei!

– Deixe de mentira ou mando você agora mesmo para a sala de punições! Responda-me, quem?

E Hassan conta sobre a esperteza de Houria, sobre sua inteligência e beleza.

Alguns dias depois, um rico mercador chega à aldeia, de chapéu e casaco. Ele procura Larbi e pede que ele o hospede em sua casa. Larbi o acolhe, eles conversam e, a certa altura, o mercador diz:

– Gostaria de pedir a mão de sua filha.

– Como você sabe que eu tenho uma filha? Eu não conheço você!

– Foi seu amigo Hassan quem me falou dela, exaltando sua beleza e inteligência!

– Ela casará com você... se quiser! Minha falecida mulher casou-se comigo por amor e eu jurei a ela que Houria se casaria com o homem que ela mesma escolhesse.

Então, o mercador é apresentado a Houria. Eles falam sobre vários assuntos, os encontros se repetem, as conversas ficam cada vez mais longas, murmuradas e, finalmente seduzida, Houria aceita o pedido de casamento.

Ele se levanta, retira seu chapéu e diz:

– Você não faz ideia de quem eu sou? Eu sou o rei! Caso--me com você com a condição de que você nunca mais se intrometerá nos meus negócios! Senão, a rejeitarei!

O casamento foi a maravilha das maravilhas. Mel e música entornaram. Véus e risos rodopiaram. Só mesmo vendo para acreditar naqueles dois amigos, Hassan e Larbi, exibindo-se entre príncipes e nobres!

Larbi dizia:

– Minha filha está se casando com o rei! Se minha pobre mulher pudesse ver isso! – e chorava de alegria, o discreto Larbi!

E Hassan repetia:

– Sou amigo de Larbi, Larbi é pai de Houria e Houria é a mulher do rei!

Naquela mesma noite, Houria passou a morar no palácio, e nada era mais belo para ela. O rei tomava conta de sua mulher e lhe dava um monte de presentes.

Mas pouco a pouco ela começou a se entediar. Dezenas de empregados atendiam a todos os seus desejos! E ela não estava acostumada a não fazer nada!

Felizmente, à noite, seu marido chegava para animá-la. Eles trocavam adivinhações e enigmas, e até tarde da noite era possível ouvir seus risos.

Numa manhã como outras, Houria vê passar pela sua janela um velho homem que chora amargamente.

– O que aconteceu com o senhor?

– O nosso rei é injusto. Um dia, ele me pediu minha bela camela branca emprestada, para que ela amamentasse seus camelinhos órfãos. Claro que emprestei, mas, quando voltei para pedir que a devolvesse, ele me disse: "Sua camela morreu ao colocar no mundo um filhote. Aqui está ele!". E ele me deu um... asno! Ficou com minha bela camela branca, aquela que eu havia prometido dar como dote para casar minha filha! O que eu vou fazer agora com um burrico?

Houria sorri:

– Aproxime-se, senhor, eu direi o que você deve responder ao rei para recuperar seu bem.

No dia seguinte, o velho se apresenta diante do rei, com um maço de alfafa na mão:

– Veja, rei, o que fez o asno que você me deu! Ele entrou na minha plantação de alfafa e a devorou inteirinha! Ele agora está gordo como um carneiro, e toda a minha safra foi para o brejo! Como você educou esse asno sem o ensinar a ficar no seu cercado?

O rei olha severamente para o homem e responde:

– Nunca vi um mentiroso como você! E por causa dessa mentira grosseira, irá para a sala de punições!

– Prove que estou mentindo!

– Se esse asno tivesse comido toda a plantação de alfafa, sua barriga teria explodido há muito tempo! A alfafa é um veneno para ele! Além disso, desde quando asno come alfafa?

– Desde a época em que as camelas brancas começaram a parir asninhos cinza – responde o homem.

O rei o examina com atenção e pergunta:

– Quem lhe soprou essa astúcia?

– Ninguém, fui eu mesmo que a encontrei para recuperar minha camela.

– Muito bem, eu devolverei sua camela, mas só se você me disser quem lhe soprou essa resposta!

– Sua mulher, pois ela, sim, teve piedade de mim! – responde o velho homem.

– Bem – diz o rei –, reconheço minha injustiça, meu senhor. Sua camela é muito bonita. Ela será devolvida com uma tropa inteira de camelos! Quanto ao asno, pode ficar com ele, que lhe servirá de montaria!

Mas, assim que o velho vai embora, o rei procura sua mulher e explode de raiva:

– Você quebrou sua promessa! Eu vou expulsá-la e rejeitá-la. Em respeito ao amor que senti por você, deixo que leve deste castelo aquilo que lhe for mais caro. Mas amanhã de manhã você irá embora.

– Posso fazer meu último jantar em sua companhia? – pede Houria.

– Pode, sim – diz o rei, tristemente.

À noite, Houria acolhe o rei em seus aposentos. Dispensa todos os empregados e ela mesma o serve.

A comida é ótima, e o rei está melancólico. Houria lhe serve um copo de chá com um poderoso sonífero. O rei cai no sono de repente.

Rapidamente, ela o ajeita dentro de um baú e pede para que os empregados o coloquem na charrete. E, sem olhar para trás, volta para a casa do pai.

Na manhã seguinte, o rei acorda:

– Onde estou? O que você está fazendo aqui? Eu não pedi para você ir embora?

– Eu fui embora e você está na casa de meu pai!

– Mas como ousou me trazer até aqui?

– Eu apenas obedeci a suas ordens! Você me disse: "Leve aquilo que lhe for mais caro". E o que me era mais caro era você!

O rei cai na gargalhada. Ele olha para a mulher, joga-se nos seus braços e eles se abraçam longamente. Depois, ele diz maliciosamente:

– E se a gente voltar para nossa casa?

O MÁGICO DE VENEZA

Um conto da Espanha

Vivia na cidade de Córdoba, na Espanha, um jovem aristocrata. De aristocrata, na verdade, ele tinha apenas o nome, já que sua família tinha perdido todo o dinheiro. Seu palácio, magnífico no passado, também se arruinara pouco a pouco.

Caminhava, desolado, pelas ruas da cidade, insensível ao charme dos pátios onde as fontes cantavam e exalavam um cheiro inebriante de flores de laranjeira. O jovem poderia começar a trabalhar, a ganhar a vida, mas só de pensar na palavra *trabalho* logo tinha vontade de bocejar. Ele apenas sonhava com glória e poder.

Certo dia, o jovem ouviu falar de um grande mágico capaz de realizar todos os desejos. Ele morava em Veneza, na distante

Itália. Então, decidiu partir, atravessando os Pirineus, beirando o mar Mediterrâneo e cruzando os Alpes. Depois de algumas boas semanas, ele chegou a Veneza. Passeou pela cidade das cem pontes, das dezenas de canais e ruas estreitas. Graças ao seu nome nobre, foi convidado para conhecer os mais suntuosos palácios da cidade. Jantou com homens cobertos de ouro e mulheres exibindo vestidos de veludo e cetim. Testemunhou conversas secretas nas quais se tramavam golpes, envenenamentos e traições. Cortejou princesas de rosto delicado e coração seco. Refestelando-se nessa vida de luxos e prazeres, seu desejo de poder só aumentava mais.

No entanto, foi numa ruela fedorenta, ao lado de um canal de águas sujas, que ele encontrou a miserável casa do mágico. O jovem abriu a porta, entrou e encontrou um quarto sombrio e frio. Lá,

um velho fraco lia à luz de uma vela um antigo livro de magia com páginas amareladas.

– O que você procura de tão importante que o levou a fazer uma viagem tão longa?

– Eu procuro a glória e o poder – respondeu o jovem, seguro. – Estou pronto a pagar o que for preciso para encontrá-los.

O mágico pediu que o visitante sentasse, abriu uma garrafa de vinho e, enquanto ele bebia, observou-o em silêncio.

– Posso lhe dar o que você quer – disse, enfim, o mágico. – Mas dentro de três anos, assim que seus desejos estiverem realizados, peço que você mesmo me traga um belo ganso assado, numa bandeja de prata. Esse será meu único pagamento.

O jovem, feliz por obter a realização de seus sonhos por tão baixo preço, aceitou imediatamente.

O mágico, então, soprou a vela. O quarto foi mergulhado na mais completa escuridão e ele simplesmente sussurrou:

– Muito bem, pode ir!

O jovem se sentiu transportado pelo ar. Num piscar de olhos, estava novamente em casa, na sua cidade na Espanha, a milhares de quilômetros de Veneza.

Sua vida mudou imediatamente. Ele, que nunca aprendera a ler e a escrever, recebeu o convite para ser o bispo da região. Pouco tempo depois, graças à influência de pessoas importantes com as quais ele fez amizade, tornou-se cardeal. Nunca ninguém havia visto na hierarquia da Igreja uma ascensão tão rápida. Ele passou a ter empregados devotados e a comandar dezenas de pessoas. Os cortesãos se espremiam nos seus salões, todos queriam ter a honra de ser seu amigo.

E eis que o papa de Roma morreu e ele foi nomeado para substituí-lo! Começou a reinar sobre todo o mundo cristão e também sobre reis de inúmeros países que, naquela época, estavam sujeitos à autoridade do papa. Estava no máximo da sua glória e do seu poder!

Mas certa noite, refazendo em pensamento todo seu trajeto de sucesso, o jovem aristocrata lembrou que no dia seguinte faria três anos do seu encontro com o mágico. Recordou-se da promessa e com um sorriso um pouco caçoador disse a si mesmo:

– Certamente esse homem não previa até onde minha conquista chegaria. Eu lhe devo a ave que prometi.

Ele, no entanto, tinha coisas muito mais importantes a fazer do que ir até Veneza para entregá-la! Reuniões inadiáveis o esperavam e ele achou indigno sair para perder-se na rua fedorenta do mágico. Se alguém o reconhecesse, seria o fim de sua reputação!

O aristocrata, então, chamou um empregado e pediu que ele levasse ao mágico o mais belo ganso assado que encontrasse, numa magnífica bandeja de prata. E completou:

– E não se preocupe com os custos. Eu quero o que há de melhor e mais belo!

Mas, assim que deu essa ordem, sentiu um grande arrepio. Seus olhos se fecharam por um instante e quando os abriu viu o mágico curvado sobre ele.

– Você dormiu apenas uma hora, meu jovem. O vinho que você

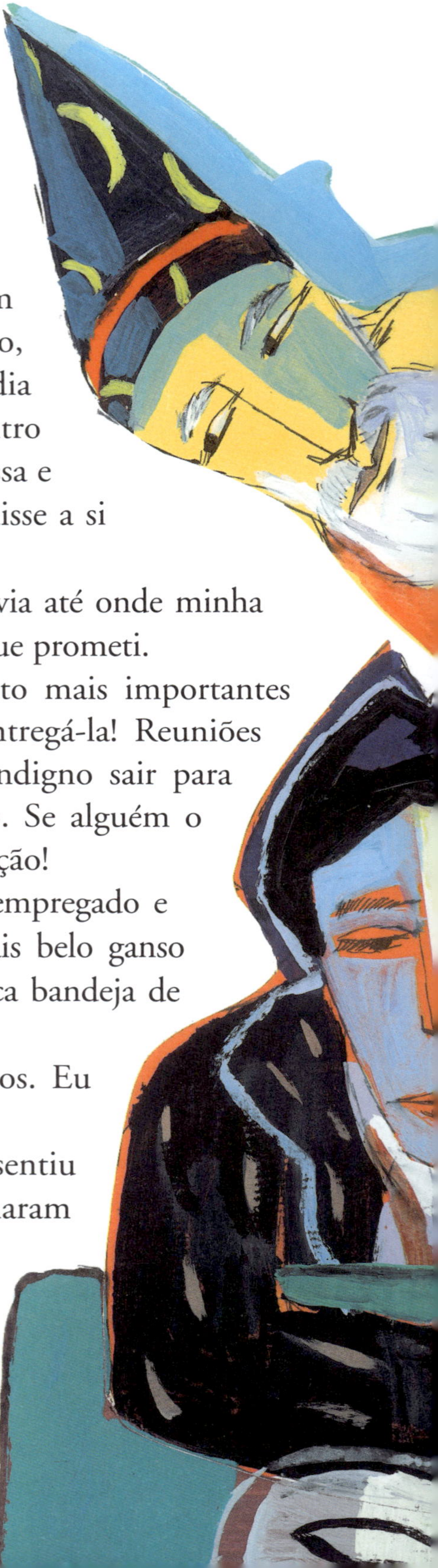

bebeu tinha propriedades que lhe fizeram sonhar o destino que você aspirava. E então pude ver que você não era digno da glória e do poder, não saberia fazer bom uso deles. Você mandou pelos empregados a ave que nos ligava. Como pode ignorar que nenhuma bandeja de prata vale mais do que uma amizade? Como você é vil, sem alma e coração! Vil você continuará sendo, no esquecimento do mundo. Quanto a mim, que pena, não será desta vez que poderei conhecer o gosto de um ganso assado! Posso apenas lhe oferecer meu jantar, este prato de lentilhas...

Sem uma palavra, o viajante se levantou. Sem uma palavra, ele voltou para sua casa, meditando sobre seu destino, ou talvez apenas sobre ele mesmo.

Um conto da Bretanha

MENIRES[3] APAIXONADOS

Há muitos e muitos anos, na ilha da Bretanha, os druidas eram poderosos e respeitados. Eles celebravam as cerimônias religiosas, diziam conhecer os segredos da Terra e do Céu e cuidavam de tudo.

Jean vivia em Belle-Île e os antigos druidas da ilha gostavam muito dele: achavam que o jovem possuía "a bela palavra", aquela capaz de se comunicar tão bem com as pessoas como com as forças invisíveis da natureza. Jean, muito cedo, tornou-se um bardo, o primeiro degrau a se galgar na hierarquia dos druidas.

Mas Jean não se preocupava muito com o que esperavam dele. A única coisa que lhe importava de fato era seu amor por Jeanne. A moça era filha de um pobre pescador, homem que aos olhos dos druidas não valia nada. Eles achavam que a menina era indigna de seu protegido. No entanto, Jean amava Jeanne e Jeanne amava Jean.

3. Menires são monumentos pré-históricos (do período neolítico) feitos em pedra. Têm forma geralmente alongada e sua altura é variável (até cerca de dez metros). Acredita-se que os menires podiam servir como marcos astronômicos ou representar alguma divindade ou espírito. (N. da E.)

Os druidas tentaram argumentar com o garoto, chegaram até mesmo a ameaçá-lo com sua cólera. Jean somente disse:

– De que valem seus argumentos contra o meu amor? Devo me casar com aquela que escolherem ou com aquela que meu coração escolher? Onde está a dita sabedoria de vocês, se ela se limita ao que as pessoas possuem ou não possuem? Esse pescador de mãos vazias tem o mais belo tesouro da ilha, pois, na sua pobre casa, brilha o sorriso de Jeanne!

– Que afronta a deste Jean! – rosnaram os druidas. – Ele realmente acha que pode ir contra nossa vontade?

No entanto, Jean amava Jeanne, Jeanne amava Jean, e o amor é cego às ameaças.

Naquele dia, Jean se encontraria com a sua bem-amada num descampado. No pôr do sol, os arbustos de violetas ficavam ainda mais rosados. Jean estava decidido a pedir a mão de Jeanne em casamento no fim do verão. Seu coração batia mais forte, mesmo sabendo que era quase certo que Jeanne aceitaria...

Por que Jean não percebeu o ar pesado daquela noite? Por que não escutou o barulho de passos furtivos por detrás da duna? Por que não viu as sombras rastejando pelo chão? Por quê? Porque apenas percebeu, escutou e viu Jeanne correndo em sua direção, tão leve na luz rasante do sol!

Ela corria em direção a ele. Eles estavam a apenas vinte passos um do outro. Queriam se chamar, mas de repente a garganta dos dois se tornou tão áspera que nenhum som saiu de suas bocas. Eles queriam se abraçar, mas seus passos se tornaram pesados como chumbo. Eles endureceram enquanto trocavam olhares aterrorizados, impotentes. Atrás da duna, eles escutaram subir vozes salmodiando um canto inquietante, surdo e ameaçador. Os pés se perderam na areia. Os braços se

soldaram a seus troncos, o rosto se crispou e seus corpos se petrificaram pouco a pouco. Jeanne e Jean se tornaram duas pedras, eretas, frias e silenciosas. De repente, o canto cessou. Os druidas, um por um, saíram de seu esconderijo e contemplaram sua obra. Sobre o descampado, dois menires se erguiam face a face, a vinte passos um do outro.

O feitiço, nesse dia, foi muito mais forte que o amor. Os druidas impuseram sua lei. No entanto, não completamente. O amor de Jeanne e de Jean não se deu por vencido.

A cada lua cheia, desde o dia em que os dois amantes teriam se unido, os dois menires se mexem no pedestal de pedra. Com esforços incríveis, eles se aproximam um do outro.

O que acontece, então, entre os dois amantes de pedra?

Ninguém sabe dizer, mas, cada ano, no descampado, aparecem sempre pequenos e novos menires.

– São os filhos desse belo amor! – afirmam os habitantes de Belle-Île.

E é nesse grande campo que se encontram hoje todos os menires da ilha, desafiando o tempo e o poder os homens.

As pessoas vêm de longe para admirá-los, especialmente nas noites de verão, quando o descampado fica violeta e os raios do pôr do sol acariciam a luz rosada dos menires.

Um conto grego

O rei Midas

O rei Midas escuta o músico Pã tocando flauta na floresta. Sua música é tão alegre que Midas tem uma ideia: "Vou organizar um concurso de música entre Pã e o deus Apolo, que acha que é o melhor músico do mundo, e nós veremos quem vai ganhar!".

No dia do concurso, todo mundo aparece. Pã toca sua flauta. Sua música é uma melodia da terra, que dá vontade de rir e dançar sem parar. As pessoas o aplaudem calorosamente!

Mas, assim que Apolo toca as cordas de sua lira, sua música sobe até o céu. Ela fala da vida, do amor, da morte, e as pessoas se calam, deslumbradas.

Então, um homem diz:

– Pã, sua música nos lembra festas, e nós gostamos muito dela! Mas reconheça que a música de Apolo exprime os mistérios da vida...

– Apolo ganhou! – grita a multidão.

Midas responde:

– Vocês acham que não tenho orelha para perceber que a música de Pã é muito melhor do que a de Apolo?

Apolo fica contrariado:

– Vou mandar duas orelhas para você escutar melhor, Midas!

Midas balança os ombros e volta para seu palácio.

Naquela mesma noite, surgem na sua cabeça duas orelhas de asno, enviadas por Apolo. Duas orelhas de asno na cabeça de um rei desmoralizam qualquer um... Rapidamente, Midas coloca um chapéu na cabeça e ninguém consegue ver suas orelhas, menos... seu barbeiro.

– Barbeiro, se alguém souber que tenho orelhas de asno, mando cortar sua cabeça – ameaça o rei.

O barbeiro entende direitinho a lição. Além disso, fica muito orgulhoso de possuir um segredo real! Mas, dia após dia, o segredo vai invadindo sua barriga, seus pulmões – que estufam – e depois sua cabeça, sua boca, sua língua, e ele se sente sufocar...

"O que devo fazer para me livrar desse segredo?", pensa o barbeiro, "Falar e perder a cabeça? Não! Ficar louco e esquecer tudo? Não! Encontrar uma ideia para me livrar deste fardo? Sim!" E começa a refletir...

Certa noite, o barbeiro corre até o rio e cava um buraco na

areia. Espia e não vê ninguém, nem à direita, nem à esquerda, então, murmura dentro do buraco: "O rei Midas tem orelhas de asno!". E tampa o buraco, enfim livre, aliviado e contente!

Mas, depois de alguns momentos, o buraco começa a estufar com seu segredo. Felizmente, no buraco, há uma semente; e então o buraco conta o segredo para a semente. Logo, a semente germina. Ela sai da terra, se transforma numa árvore e, quando o vento sopra, suas folhas murmuram:

– O rei Midas tem orelhas de asno...

A árvore cresce e timidamente canta:

– O... Midas... tem... de... asno...

O tempo passa. Quanto mais a planta cresce, mais o vento sopra e mais as folhas cantam alto:

– O rei Midas tem orelhas de asno! O rei Midas tem orelhas de asno!

O vento leva a canção aos quatro cantos do país! E todo mundo fica sabendo do segredo do rei...

Um dia, claro, o rei percebe que todos já sabem de tudo...

E então, quem correu mais rápido? O barbeiro para salvar a cabeça, ou Midas, desmoralizado, que fugiu de seu país? Em todo caso, há muito tempo que ninguém ouve mais falar deles. Mais para frente, talvez, o vento nos dirá...

QUATRO ENIGMAS, QUATRO IRMÃOS

Um conto cigano

Quatro irmãos ciganos vivem sozinhos numa grande miséria e numa pequena caravana. Numa manhã, o mais velho diz:

– Não temos trabalho nem comida. Vou sair para ganhar a vida e, quando ficar rico, voltarei.

Ele sai andando pela floresta, vai para o leste, para o oeste... não se importa para que lado, a riqueza pode estar esperando por ele em qualquer lugar! E ele ainda não sabe qual o caminho correto.

Certo dia, faminto e desesperado, deita-se debaixo de uma árvore e cai no sono. Uma voz anasalada bruscamente o desperta:

– Ei! Preguiçoso que não trabalha! Lhe darei ouro e prata se você souber responder ao meu enigma! Se não conseguir, será meu criado. Venha comigo!

O cigano abre os olhos e depara com o anão careteiro que pula em volta dele. O cigano decide seguir o anão.

Eles chegam a uma bela casa de pedra e madeira. O anão abre um cofre, onde brilham ouro e prata:

– Responda-me corretamente e tudo isto será seu: numa casa verde, uma mãe vermelha educa seus vários filhos pretos. O que é?

O cigano pensa e responde:

– Não consigo imaginar direito...

– É a melancia: sua casca é verde, sua polpa é vermelha e suas sementes são pretas! Você será meu criado! E nem pense em fugir, pois minha vingança será terrível!

O cigano tem que trabalhar e trabalhar, do amanhecer ao anoitecer, sob os gritos do anão, que o vigia e o ameaça. Ele fica muito triste...

Vendo que seu irmão não volta, o segundo cigano também parte.

Anda por muito tempo e adormece debaixo de uma árvore. Logo o anão o sacode e faz o mesmo discurso. Chegando à casa de pedra e madeira, o anão zomba:

– Encontre a resposta ou será meu criado! Eis o meu enigma: quanto mais quatro irmãs correm, mais longe ficam do cavalo!

O segundo irmão fica pensativo. Percorre todo o cérebro, vira a inteligência de cabeça para baixo e nada de encontrar a resposta.

O anão interrompe os pensamentos do rapaz:

– Que grande imbecil! São as quatro rodas da charrete! Você será meu escravo, e nem pense em fugir!

Do amanhecer ao anoitecer, ele trabalha e trabalha, o pobre cigano...

Até que é dia de o terceiro cigano sair à procura de seus irmãos.

Como os dois primeiros, ele se encontra com o anão, mas desta vez na casa de pedra e madeira.

– Para você, tenho um belo enigma – diz o anão, esfregando as mãos. – Duas irmãs, dois irmãos: a primeira corre sem parar nunca, a segunda bebe sem

nunca matar a sede, o terceiro come sem nunca ficar satisfeito, o quarto está sempre presente, porém invisível.

O cigano vasculha a memória, esquadrinha as lembranças e investiga o espírito... Nada, não acha resposta! O anão pula de alegria:

– Mais burro do que o maior burro de todos os burros! São os quatro elementos: a água que corre, a terra que bebe, o fogo que devora e o ar invisível! Vamos, vamos, ao trabalho! Não quero saber de preguiçoso por aqui, nem de vagabundo!

O terceiro irmão se extenua. Mata-se de tanto trabalhar, de sol a sol, sob os gritos do terrível anãozinho.

Na caravana, o quarto irmão se sente muito sozinho e chateado. Então, ele tranca a porta e vai embora pelo caminho... Não procura a senhora Fortuna, procura seus irmãos. Mas primeiro ele encontra três companheiros que a solidão havia reunido. Uma raposa, um lobo e um urso expulsos pela família por não serem suficientemente maus e agressivos. Eles acabam gostando do andarilho e o acompanham pela estrada. No entanto, andar cansa mais os homens do que os animais. E, enquanto os animais continuam seguindo pelo caminho, o cigano fica dormindo debaixo da árvore. Mas logo o anão o acorda.

– Venha até minha casa! Lá tem ouro e prata!

– Para que me serve seu ouro se o que procuro são os meus irmãos?

– Eles também estão lá!

Na casa de pedra e de madeira, o anão abre seu baú. Mas o quarto cigano responde:

– São meus irmãos que eu quero!

– Qual o quê! Você agora é meu prisioneiro, como eles! A menos que você responda corretamente ao enigma. Então, se conseguir, terá sua liberdade e toda a minha riqueza! Caso contrário, será meu criado!

– Negócio fechado – responde o cigano.

– Para você, terei que fazer uma adivinhação bem difícil, seu desaforado, que ri de meu belo ouro e de minha bela prata! Minha mãe tem um lençol que não pode dobrar, meu pai uma bola que não pode arremessar, minha irmã uma maçã que não pode morder, meus irmãos várias bolas de gude que não podem rolar. Quem eles são?

O jovem cai na gargalhada:

– Você esquece que está falando com um cigano! Nós vivemos ao ar livre no inverno e no verão! Escutamos os barulhos da natureza, conhecemos todos os ritmos das estações do ano, o dia e a noite são nossos companheiros. Você tem ideia de quanto tempo eu tive para sonhar na grama, com a cabeça passeando nas nuvens? Então, eis aqui a resposta à sua adivinha: trata-se do céu, que é quem nos cobre, do sol, que é quem nos fixa, da lua, que é quem nos observa, e dos milhares de estrelas que brincam lá em cima, despreocupadas e graciosas como as bolas de gude das crianças... Vamos, passe-me seu ouro e me diga onde estão meus irmãos!

– Não! Não! Você também será meu criado e não ganhará nada!

O cigano se zanga, mas o anão, apesar de pequeno, possui uma força incrível e começa a bater no jovem.

Este, então, se lembra de seus três companheiros e assobia longamente.

Logo, a raposa avança contra o anão e o derruba, o lobo o morde cruelmente e, com uma só patada, o urso o lança pelos ares, mas tão alto, tão alto que até Deus o vê passando e acha divertido. Tão alto, tão alto que ele se perde nas dobras do lençol do céu, o sol o queima e a lua dá risada na sua cara...

Quanto aos quatro irmãos, eles pegaram todo o tesouro e, com o urso, o lobo e a raposa, saíram andando sem destino, com a cabeça nas nuvens...

A IRMÃ MAIS VELHA E O IRMÃO MAIS NOVO

Um conto da Rússia

Era uma vez uma menina chamada Sveta, que tinha um irmão mais novo chamado Yvan. A mãe deles havia morrido e o pai casara novamente com uma mulher linda, mas muito malvada. Ela não gostava das crianças e as obrigava a trabalhar o dia inteiro, além de bater nelas e quase não alimentá-las.

À noite, quando o pai voltava para casa, ela colocava seus belos vestidos, sorria, falava com voz doce e balançava os longos cabelos que desciam até a cintura.

O pai a achava maravilhosa e não conseguia acreditar quando os filhos lhe diziam como ela era cruel.

Então, certo dia, Sveta e Yvan decidiram fugir para a floresta. Caminharam e caminharam e, ao chegar à floresta, sentaram debaixo de uma árvore. Naquele momento, um homenzinho esquisito saiu de dentro da terra: usava chapéu vermelho, blusa vermelha, calça vermelha, botas vermelhas e tinha uma barba suja num rosto engraçado. Era um anão da floresta.

Ele riu com os olhos e disse para os dois:

– Se vocês caminharem por muito, muito tempo, chegarão à terra da felicidade. Mas, cuidado! Neste caminho, vocês encontrarão quatro riachos. Se beberem a água do primeiro, serão transformados em lobo; a água do segundo os transformará em urso; a do terceiro, num cervo ou numa cerva, mas vocês poderão matar a sede no quarto riacho, que tem água clara e fresca! Boa sorte, crianças!

E, upa! O anão se enfiou para dentro da terra.

– Você ouviu, Sveta? – perguntou Yvan. – A terra da felicidade! Vamos?

– Vamos!

Eles andaram até que Yvan avistou o primeiro riacho. Ele correu em sua direção, cantando:

Estou com sede, maninha!
Tenho a boca seca, a garganta queimada.
Você tem medo desta água fresquinha?
Ela é tão clara, não está envenenada.
Estou com sede, maninha!

Não, Yvan! Você vai virar lobo se beber.
Não beba, para não se arrepender!
Minhas lágrimas não vão te salvar!
Acredite em mim, você precisa acreditar!

Sveta segurou Yvan pela mão, e eles continuaram caminhando até que o menino encontrou o segundo riacho. Ele largou a mão da irmã, correu e cantou:

Estou com sede, maninha!
Tenho a boca seca, a garganta queimada.

Você tem medo desta água fresquinha?
Ela é tão clara, não está envenenada.
Estou com sede, maninha!

Não, Yvan! Você vai virar urso se beber.
Não beba, para não se arrepender!
Minhas lágrimas não vão te salvar!
Acredite em mim, você precisa acreditar!

Sveta pegou novamente seu irmão, o segurou firmemente pelo braço e o carregou. Eles saíram caminhando até que Yvan avistou o terceiro riacho. Ele se soltou e cantou:

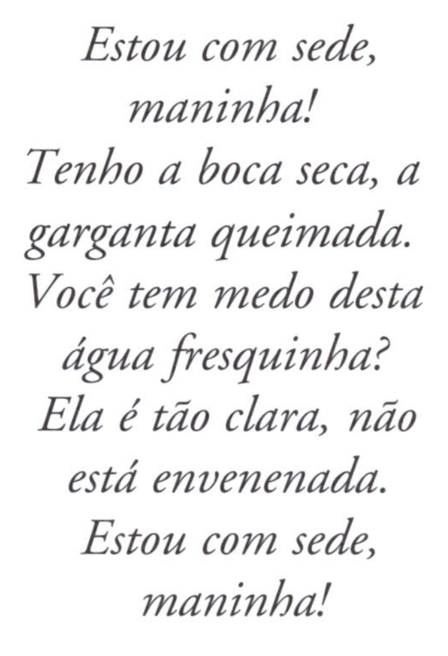

Estou com sede,
maninha!
Tenho a boca seca, a
garganta queimada.
Você tem medo desta
água fresquinha?
Ela é tão clara, não
está envenenada.
Estou com sede,
maninha!

Sveta responde:

Não, Yvan! Você vai
virar cervo se beber.
Não beba...

Mas Yvan não a escutou e bebeu e.... *Tchchchchchchch!* Transformou-se num cervo!

Um belo cervo que saltitava em volta de sua irmã. Sveta chorava, mas o cervo se encostou nela e lambeu suas lágrimas. Então, ela voltou a andar:

– Quando chegarmos à terra da felicidade, será que você vai voltar a ser um menino?

Viveram muito tempo na floresta, tentando encontrar o caminho. Numa manhã, Sveta escutou gritos, latidos, galopes de cavalos e viu caçadores perseguindo o pequeno cervo.

– Parem! Parem! – ela gritou.

Mas ninguém a ouvia...

Sveta colocou-se no meio do caminho e disse:

– Não passem por aqui!

– Saia da frente, menina boba! Você vai deixar escapar nossa presa!

– Não! Não passem por aqui!

Outro caçador vinha de dentro da floresta e Sveta compreendeu que ele era um príncipe. – É com ele que quero falar – disse ela –, mas a sós!

O Príncipe olhou para a selvagem que saíra não se sabia de onde e que barrava o caminho. Curioso, ele desceu de seu cavalo, e Sveta contou, no ouvido do Príncipe, toda a história de seu irmão que fora transformado em cervo.

– É um segredo – terminou ela. – Se você contar para alguém, nunca mais meu irmão volta a ser um menino.

O Príncipe, emocionado, decidiu levá-los para o castelo de seu pai, o Rei...

Durante dois anos, Sveta viveu naquele castelo maravilhoso.

O cervo saltitava no parque, e Sveta e o Príncipe se apaixonaram e casaram.

A filha do primeiro-ministro, Madalena, que sempre pensou em se casar com o Príncipe e se tornar uma princesa, quase morreu sufocada de ciúmes no dia do casamento deles.

Certa feita, o Príncipe saiu para viajar. Madalena, a ciumenta, sugeriu para Sveta:

– Princesa, venha passear no parque!

Sveta aceitou... E Madalena a levou até o fundo do parque, onde havia um poço abandonado de que ninguém mais se lembrava.

– Veja, princesa! No fundo do poço, há diamantes brilhando!

– Não há! São apenas os reflexos do sol na água que dança!

– Não! Venha ver! São diamantes mesmo!

Para que a menina não fosse contrariada, Sveta se inclinou.

E a ciumenta empurrou-a para dentro do poço.

À noite, as pessoas do palácio começaram a procurá-la pelo parque na floresta, mas Sveta havia mesmo desaparecido...

Quando o Príncipe voltou de viagem, Madalena, a ciumenta, o esperava na porta do castelo:

– Sua mulher foi embora! Foi embora! Foi por aqui ou por ali! Ela não o amava! Ela foi embora! Foi embora!

O Príncipe ficou triste por muito tempo... Ele tentava esquecer Sveta, mas, quando ameaçava conseguir, o cervo aparecia e olhava para ele com seus grandes olhos tristes, como se quisesse dizer alguma coisa que o Príncipe não compreendia...

O cervo irritava Madalena, a ciumenta, que fazia de tudo para se casar com o Príncipe! Mesmo os ministros do Rei diziam que ele não podia ficar sozinho, que deveria casar-se novamente... e por que não com a filha do primeiro-ministro, Madalena, que gostava tanto dele?

O Príncipe não queria. Ele não queria ninguém, principalmente aquela ciumenta em quem não confiava.

"Enquanto ele vir esse maldito cervo, ele continuará se lembrando de Sveta!", pensava Madalena. "Preciso matar esse animal!"

Certo dia, ela procurou o Rei e disse:

– Vosso filho não ficará mais triste se comer o coração de um cervo que saltita inutilmente pelo parque.

O Rei ordenou aos caçadores que se preparassem para matar o cervo no dia seguinte.

Quando o Príncipe soube da notícia, suplicou ao pai que não matassem o animal. Mas ele não podia revelar o segredo do irmãozinho de Sveta. Quem acreditaria nele?

O Rei, cansado de todas essas histórias, decretou solenemente:

– Você comerá o coração do cervo e se casará com Madalena. Eu falo e você obedece.

O Príncipe tentou fazer com que o cervo conseguisse fugir, mas o animal sempre voltava para o parque...

– Por quê? – ele perguntava. – Sua irmã já foi embora...

O cervo olhou para ele com seus olhos tristes, como se quisesse dizer alguma coisa que o Príncipe não compreendia.

Naquela mesma noite, o Príncipe não conseguiu dormir; saiu do castelo, caminhou pelo parque e ali, no reflexo da lua, percebeu que o cervo ia até o poço abandonado, de que ninguém mais se lembrava. Quando chegaram lá, o cervo então começou a gemer suavemente...

E, do fundo do poço, uma voz lhe respondeu cantando:

Fuja, meu irmãozinho!
Os caçadores querem te matar!
Não tenha medo em me deixar!
Dentro deste poço, eu vou ficar!
Mas fuja, fuja irmãozinho...

O Príncipe reconheceu a voz de sua mulher! Ele correu até o castelo e, logo, várias pessoas estavam em volta do poço.

Jogaram uma corda, puxaram... E não foi Sveta que saiu, mas um bebê! Um bebê que chorava de fome! O bebê do Príncipe e de Sveta!

Assim que o cervo viu o filho de sua irmã, o encanto se desfez. Ele voltou a ser humano e, como o tempo passara, ele transformara-se num belo jovem!

As pessoas se espantaram tanto que quase se esqueceram de Sveta!

– Vamos, lancem a corda novamente! – ordenou o Príncipe.

Lançaram, puxaram, e Sveta apareceu, toda suja e molhada.

Cansada, ela sorriu, apesar de tudo. Viu seu irmão, abriu um sorriso maior ainda. Quando seu olhar encontrou o do esposo, ela chorou.

As pessoas se calaram diante de tamanho milagre...

Mas o Rei gritou:

– É preciso encontrar a ciumenta que causou tudo isto!

A ciumenta fugiu e nunca mais foi vista. Sorte dela, pois senão teria sido obrigada a cumprir vários castigos: ser amarrada pelos cabelos a um cavalo disparado a galope, andar descalça sobre urtiga com uma aranha viva em cada mão, comer caramujos crus com baba e casca, tomar suco de mosca com chicória, varrer de manhã todo o castelo com uma escova de dentes, ser presa no porão, sem luz, ao lado de ratos pegajosos... ou alguma outra coisa bem nojenta!

Mas a ciumenta fugiu e talvez algum lobo a tenha devorado...

O príncipe, Sveta, seu bebê e Yvan viveram muito felizes, e esta história acaba aqui, porque da terra da felicidade, bom, desta não se falou mais.

O PASTOR ESPERTO

Um conto do Cazaquistão

Na grande estepe cazaque, reinava um cã[4], chefe poderoso e impiedoso, chamado Shaheimaltan, que adorava adivinhações e enigmas. Às vezes, para se divertir, ele os propunha para alguns de seus súditos. Mas o jogo era cruel: aquele que não conseguisse achar a resposta certa tinha a cabeça esvaziada e preenchida por silêncio. O povo sentia muita raiva desse cã arrogante, mas ninguém reunia coragem para revoltar-se contra ele.

Certo dia, Shaheimaltan convocou todos os homens de uma pequena tribo e lhes perguntou:

– Digam-me: qual é a distância de leste a oeste e o que deseja Alá neste momento? Dou a vocês dois dias para refletir. Vamos, desapareçam da minha frente e reflitam enquanto têm a cabeça cheia!

A tribo inteira, durante dois dias e duas noites, tentou desvendar o enigma. Mas aquelas pareciam questões sem respostas! Na manhã do terceiro dia, as mulheres choravam e os homens se colocaram diante do chefe. Ninguém abria a boca. E o cã se impacientou:

– Chega! Criados, peguem esses três jovens! E cuidem de suas cabeças! Que elas se encham de silêncio!

4. Assim são chamados os imperadores mongóis, descendentes de Gengis Khan. (N. do T.)

Gritos de mães desesperadas surgiram no meio do grupo das mulheres. Então, uma jovem se destacou entre elas e, corajosamente, dirigiu-se ao cã:

– Há um homem de nossa tribo, Sabitjan, que não está presente! Ele é pastor na estepe e não ouviu seu apelo!

Todos os membros da tribo se olharam, assustados. Por que Aizada entregara assim Sabitjan, seu noivo? O único homem da tribo que teria conseguido escapar das garras do déspota! Por quê? Simplesmente porque Aizada confiava na coragem de seu bem-amado, que jamais aceitaria ser poupado sem participar da desgraça do seu povo. Mas principalmente porque ela confiava em sua inteligência.

O cã ordenou que procurassem Sabitjan imediatamente. Logo o pastor se encontrava diante do cã, que o submeteu ao enigma. Sabitjan refletiu um pouco e respondeu:

– Há duas respostas ao seu primeiro enigma. A distância de leste a oeste dura um dia inteiro, pois, desde que o sol aparece no leste, ele precisa de um dia para chegar e se pôr a oeste.

– Muito bem – disse o cã. – E a segunda resposta?

– A distância de leste a oeste não é maior do que um buraco de agulha.

– Que tolice é essa que você está falando? Acho que sua cabeça vai conhecer o silêncio, jovem pretensioso!

– Escute-me primeiro! – respondeu Sabitjan, com altivez. – Se um homem sai de sua casa e caminha direto e reto, sempre em direção a oeste, ele dará a volta na Terra, e um dia seu último passo será no lugar exato da marca do seu primeiro passo: lá, onde o leste e o oeste se encontram.

– Astuto – reconheceu o cã. – Mas responda-me, então, o segundo enigma. Que deseja Alá neste momento?

– Para isso, grande cã, é preciso que me você me deixe sentar no seu trono. Alá se revela apenas no lugar onde estão as pessoas importantes desta terra.

Rindo de tal ingenuidade, Shaheimaltan lhe cedeu o lugar. Sabitjan se instalou, levantou os olhos para o céu, concentrou-se e disse:

– Neste momento preciso, Alá me ordena a tomar o lugar do cã; ele também ordena que você fique no meu lugar, indo guardar meus carneiros.

Depois, com um gesto autoritário, Sabitjan ordenou aos criados que despissem Shaheimaltan de suas roupas reais e que o levassem para as estepes. Os criados hesitaram em obedecer, mas o povo avançou em direção a eles, ameaçadoramente. Então, executaram a ordem.

Shaheimaltan tinha uma qualidade: era um jogador nato. Daquele tipo que gosta tanto do jogo que aceita curvar-se diante dos mais fortes do que ele. Ele concordou então, sem resmungar, em ser um simples pastor.

E assim, Sabitjan, pastor pobre, se tornou o cã honrado da estepe, tendo ao seu lado a bela e astuta esposa Aizada, aquela que confiou em sua coragem e inteligência.

Sybidchek Sybdeyek

Um conto da Sibéria

No clã dos caçadores, todos admiravam Sybidchek Sybdeyek, o grande caçador. Ele entrava sozinho na floresta com seu arco, suas flechas e seu laço. Por conta própria, enfrentava ursos e tigres brancos. Graças a ele, sempre havia muita coisa para comer. Por isso, todos o respeitavam. Mas não o amavam muito. Seu coração era duro, seus ataques de raiva eram terríveis.

Um dia, Sybidchek Sybdeyek foi para a cidade do Norte pedir em casamento a mais vigorosa, a mais resistente no trabalho: a bela Kyten Katalyne.

Sybidchek era esperto. Ele tinha levado belos presentes: uma pele de arminho branco e colares de pedras de vidro. O pai da jovem aceitou mais do que depressa entregar sua filha àquele moço forte.

Sybidchek era mesmo inteligente. Ele adocicou o brilho de seus olhos verdes, colocou mel em suas palavras, e Kyten Katalyne logo se apaixonou por um moço tão belo. E respondeu "sim" ao pedido de casamento. Ela o acompanhou até sua cidade, entrou em sua tenda, sua yaranga[5], e, durante vários meses, curtiu as peles dos animais que Sybidchek Sybdeyek matava. Ela preparava o fogo, se ocupava da comida e tudo ia bem.

Mas na primavera seguinte, numa bela manhã, Sybidchek Sybdeyek aspirou o ar profundamente. E ficou com vontade de ter uma nova mulher. A beleza e o amor de Kyten Katalyne não eram mais suficientes para ele. Passou a ser malvado, chegando a bater nela algumas vezes.

Então, de noite, escondida, Kyten Katalyne saía e falava com as estrelas:

– Façam com que eu não carregue dentro de mim nenhuma criança. Sybidchek Sybdeyek não seria um bom pai. Ele não está pronto para ser pai.

E o ventre de Kyten Katalyne continuou liso.

Sybidchek Sybdeyek estava cada vez pior. Ele matava mais caças do que conseguia trazer: a terra estava vermelha de tanto sangue derramado!

5. Yaranga é uma tenda tradicional usada por nômades do norte da Rússia, feita de madeira e coberta de pele de rena. (N. do T.)

A taiga[6] reclamava, mas ele zombava dela. O caçador se achava mais forte. E agora, batia na sua mulher todas as noites. Kyten Katalyne já estava farta. Ela falava com os ramos, rochas e árvores:

– Eu amo Sybidchek Sybdeyek. Eu o alimento, cuido dele e o aqueço. Agora, ele quer outra esposa. Devo me tornar sua escrava? Isso jamais! Vou embora. Mas vocês, por favor, não digam para ele que fugi.

Kyten Katalyne abriu seus longos braços brancos e pediu às constelações:

– Ursa Menor, pegue meus olhos, minha boca, meus cabelos, meu rosto. Você, Ursa Maior, pegue minhas pernas, meus braços, meus seios. Você, Estrela da Noite, pegue meus pulmões, meu coração e meu ventre branco.

As estrelas a escutaram.

Num instante, ela se transformou em milhares de brilhos brancos que subiram para o céu e se juntaram às estrelas.

Quando voltou, de noite, Sybidchek Sybdeyek encontrou sua yaranga vazia, fria e suja. Saiu para buscar a mulher e puni-la por sua negligência. Mas ele a procurou em vão: não a encontrou em parte alguma.

Perguntou aos vizinhos, mas eles não tinham visto nada, nem queriam ver nada... Perguntou às árvores, aos rochedos, aos ramos, que responderam:

– Sybidchek Sybdeyek, como você não respeita coisa alguma, nem a terra, nem a vida, nem a sua mulher, nós não lhe diremos nada.

Apenas o grande cogumelo vermelho que conhecia os mistérios da existência segredou:

– Sua mulher, olhe lá, está junto das estrelas!

6. Floresta típica do norte da Europa, Ásia e América setentrional. Suas árvores, na maioria coníferas, não perdem as folhas mesmo no rigoroso inverno dessas regiões. (N. da E.)

– Muito bem, que fique por lá! Vou procurar outra mulher, mais bela, mais forte e, principalmente, mais carinhosa! Sou forte, sou belo, sou hábil. As mulheres... eu posso colhê-las aos bocados!

E ele esmagou o grande cogumelo vermelho.

Mas as mulheres não se deixam colher...

Sybidchek Sybdeyek passou todo o inverno sozinho em sua yaranga fria e suja. Teve muito tempo para refletir.

Certa manhã, com um grande pedaço de marfim, ele fez uma canoa. E pediu ao feiticeiro:

– Mande minha canoa para as estrelas, eu vou atrás de minha mulher.

– É perigoso, Sybidchek Sybdeyek! Você pode perder a vida!

– Não, eu vou para merecê-la.

– Muito bem, neste caso... Mas diga-me uma coisa: o que você está levando na mão direita?

– Meu arco, minhas flechas e meu laço para apanhar os pedaços da minha mulher!

– Pobre infeliz, você não consegue entender nada? Deixe suas armas em casa, você não vai precisar delas!

Mas Sybidchek Sybdeyek, grande caçador, balançou os ombros. Subiu na canoa com seu arco, suas flechas e seu laço. Então, o feiticeiro fez seus encantos. Os tambores procuraram seu ritmo. Martelaram o ar e a terra, e a canoa voou tão alto que se aproximou das estrelas, que começaram a girar como um grande carrossel cósmico. Sybidchek Sybdeyek gritava de pavor.

E lá, na Ursa Menor, ele encontrou os cabelos de sua mulher. Lançou o laço, mas ele, o grande caçador, não conseguiu pegar nada. Na Ursa Maior, lançou as flechas, mas ele, o grande caçador, não conseguiu atingir nada. Foi com sua canoa da Estrela da Noite à Ursa Menor e à Ursa Maior, mas ele, o grande caçador, não conseguiu levar nada.

Desesperado, extenuado, parou a canoa. Jogou as armas no vazio. Olhou para a Ursa Menor e suavemente disse:

– Kyten Katalyne, preciso de seus olhos para iluminar o meu caminho.

Então, dois pequenos brilhos brancos se destacaram das estrelas, cresceram, e os dois olhos de Kyten Katalyne pousaram na canoa.

– Kyten Katalyne, preciso de sua boca para escutar seus cantos. E quero me perder em seus cabelos longos, sentir seu rosto nas palmas de minhas mãos.

E a boca, os cabelos e o rosto de Kyten Katalyne também voltaram.

Então, bastante feliz, ele guiou sua canoa até a Ursa Maior.

– Kyten Katalyne, preciso de suas mãos, que sabem tão bem me alimentar e me acariciar. Preciso de suas pernas que já não correm mais para mim quando volto cansado. Em seus seios ternos, minha cabeça quer repousar. Em seu doce calor, eu quero poder sonhar.

E os braços, as pernas e os seios também voltaram.

Sybidchek Sybdeyek lançou sua canoa como um cavalo de fogo até a Estrela da Noite.

– E vocês, pulmões, voltem, eu lhes oferecerei os mil e um perfumes da taiga, com flores! E você, coração, volte! Sem você, o meu não sabe bater!

Os pulmões e o coração voltaram.

Mas lá em cima, bem lá em cima, continuava preso o ventre branco de Kyten Katalyne. Sybidchek Sybdeyek olhou muito tempo para ele, depois murmurou:

– Doce ventre, ventre de todos os mistérios, volte, que eu quero lhe oferecer a vida!

Então, lentamente, o ventre se descolou das estrelas. Lentamente, ele entrou dentro da canoa. A canoa desceu de volta para a Terra.

Quando ela pousou no chão, todos os pedaços de Kyten Katalyne se reuniram e ela se tornou mais bela do que antes.

Sybidchek Sybdeyek, muito emocionado, lhe disse:

– Venha, entremos em sua casa, minha casa... Nossa?

Ele a pegou pela mão. Juntos, eles entraram na yaranga.

Alguns meses depois, o ventre de Kyten Katalyne ficou redondo. Ela esperava uma criança. Mas esta, ela a desejava. E, na noite, a lua redonda e branca lhe sorriu.

NAYARANA E SEU DESTINO

Um conto da Índia

Era uma vez dois irmãos. O primeiro era fabulosamente rico, e o segundo, Nayarana, era extremamente pobre.

Uma noite, não querendo morrer de fome, Nayarana decidiu roubar trigo nas terras do irmão.

Quando todos já dormiam, ele entrou no campo e colheu algumas espigas. De repente, um homem vestido de preto surgiu e lhe disse:

– O que você está fazendo aí, Nayarana?

– Quem é você? E como sabe meu nome?

– Eu sou o destino de seu irmão e zelo pelos seus bens mesmo quando ele está dormindo!

– É por isso que tudo dá certo para o meu irmão! Seu destino zela por seus bens até mesmo quando ele dorme! E o meu? Onde está o meu destino, por que ele não cuida de mim?

– Você? Você não deu sorte! – respondeu o homem de preto. – Seu destino é um grande preguiçoso, que dorme durante o dia e sonha à noite. Para que você nunca o incomodasse, ele foi morar no deserto, do outro lado das três montanhas.

– Mas isso não vai ficar assim! – gritou Nayarana. – Vou acordar o meu destino para que ele encha de trigo as minhas duas mãos!

E lá foi ele... O sol queimava sua pele, as pedras feriam seus pés descalços. Por fim, ele chegou a uma cidade maravilhosa.

Todas as mulheres eram lindas, as hortas cheias de legumes e os pomares cheios de frutas. No entanto, todo mundo tinha um semblante triste.

Nayarana aproximou-se de um velho e perguntou:

– Sua cidade, suas mulheres, suas hortas, seus pomares são lindos, mas vocês são tristes! Por quê?

– É por causa do nosso rei – respondeu o velho. – Ele quer construir uma torre que alcance o céu. Mas, cada vez que se coloca uma pedra durante o dia, ela cai durante a noite. Você, que vai se encontrar com seu destino, pergunte a ele por que nossa torre não sobe!

Nayarana prometeu que perguntaria e continuou sua caminhada.

O sol queimava sua pele, as pedras feriam seus pés descalços. De repente, ele viu uma mangueira ao longe. Se aproximou, mas a árvore estava murcha, sem forças, e lhe disse:

– Você, que vai ver seu destino, pergunte para ele por que eu estou tão fraca e não consigo nem mesmo aguentar o peso dos meus frutos!

Nayarana prometeu que perguntaria e continuou sua caminhada.

O sol queimava sua pele, as pedras feriam seus pés descalços; fatigado, ele avistou o pico da primeira montanha. Viu um ninho com três filhotes de águia. E uma serpente que estava subindo até lá para comê-los. Nayarana pegou uma pedra, atirou e esmagou a cabeça da serpente. Então, do céu, desceu a mamãe águia, que lhe disse:

– Eu vi tudo, Nayarana! Eu estava voando alto demais para conseguir descer e salvar meus filhotes! Graças a você, eles estão seguros. Peça-me o que quiser, pois, se eu puder ajudar, o farei com prazer.

Nayarana refletiu, lembrou-se do sol que queimava sua pele e das pedras que feriam seus pés descalços e respondeu:

– Você, que voa no céu, leve-me ao deserto, atrás das três montanhas!

Nayarana, então, subiu nas costas da águia, que voou pelo céu, atravessando montes e planícies, deixando o deserto para trás.

Nayarana foi caminhando até que trombou com um homem dormindo na areia. Aproximou-se e exclamou:

– Certamente você é o meu destino! Ei, destino, acorde! Já dormiu muito, seu preguiçoso!

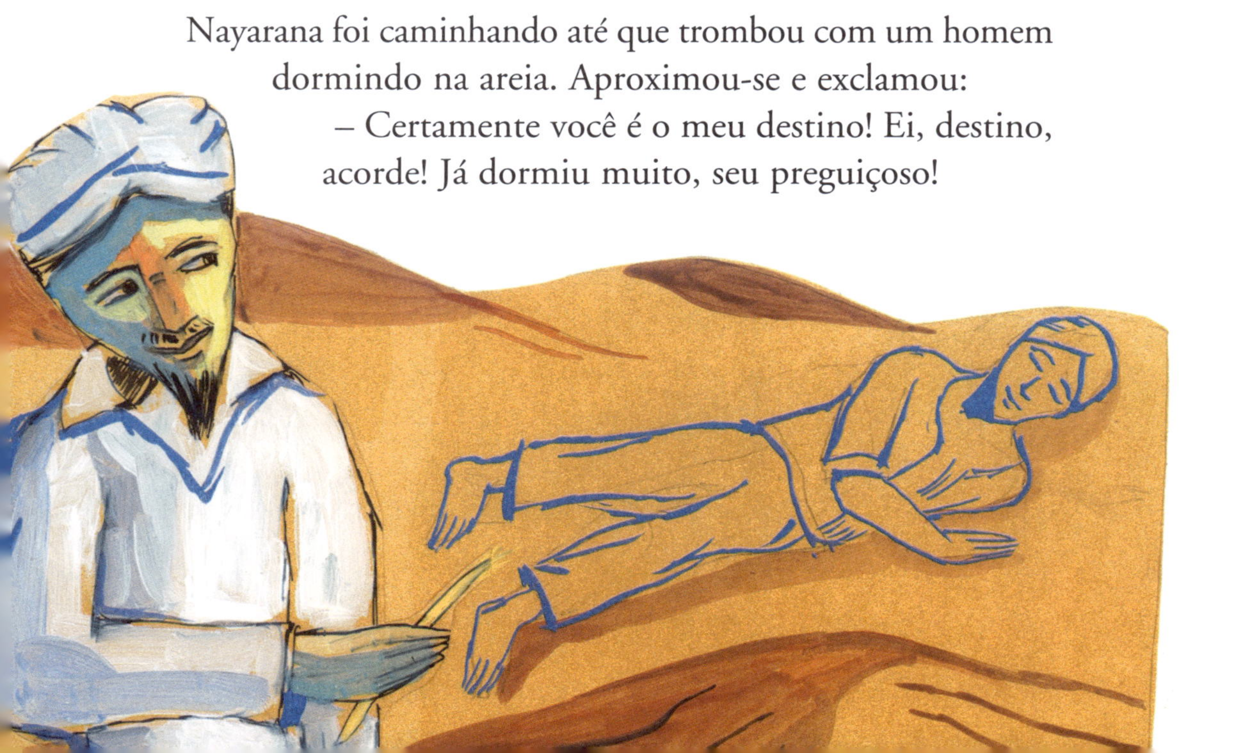

O destino roncava. Nayarana o balançou, xingou, lhe deu uns pontapés, mas o destino se virou de lado e continuou dormindo.

Nayarana pensou, colocou as mãos nos bolsos... e subitamente sorriu. Tirou do bolso um raminho de palha de uma espiga de trigo que ele tinha roubado do seu irmão.

E com o raminho, ele começou a fazer cócegas na planta dos pés do destino, suplício ao qual ninguém aguenta por muito tempo. O destino começou a rir. Nayarana o agarrou pelos ombros:

– Vamos! Em pé, seu malandro! Você acordou!

E o destino, praguejando, precisou seguir Nayarana.

Mas a vida não é assim tão malfeita: logo Nayarana e seu destino tornaram-se amigos. E os caminhos são sempre mais curtos quando caminhados em dois, tanto que rapidamente eles chegaram perto da árvore murcha.

– Destino, por que esta mangueira está tão fraca que não consegue suportar o peso de seus frutos?

– Porque um idiota escondeu um tesouro em suas raízes. Por isso, ela não consegue mergulhar muito fundo na terra para buscar seu alimento. Tire o tesouro e a árvore vai resplandecer de saúde!

Nayarana cavou, encontrou um cofre, abriu... Estava cheio de pedras preciosas, de pérolas finas e peças de ouro... Ele carregou o cofre nas costas e os dois continuaram a caminhada. E a árvore já começava a melhorar...

Caminharam, caminharam, até avistarem a bela cidade.

– Destino – perguntou Nayarana –, por que é que aqui, quando se coloca uma pedra durante o dia, ela cai durante a noite?

– Porque o rei deste país tem uma filha, a linda Saraswati! E o brilho do desejo entrou em sua alma, em seu coração, em seu corpo! Ela está chateada: precisa de um amor. Cada pedra que cai é apenas o reflexo de um suspiro da princesa... Basta casá-la para que a torre suba.

Nayarana foi encontrar o rei. Explicou-lhe tudo e terminou dizendo:

– Se isso facilitar as coisas, eu posso ser o marido da princesa!

O rei mediu aquele homem sujo, pobre e desmantelado. E não se animou muito... Então, como quem não quisesse nada, Nayarana abriu seu cofre e, como quem não quisesse nada, o rei olhou dentro dele...

... e, quando viu os objetos de ouro, as pedras preciosas, as pérolas finas, ele aceitou o casamento.

Nayarana tornou-se rei e marido da feliz princesa. Começou a construir a torre e ela subiu, porque cada pedra colocada era o reflexo do sorriso da bela Saraswati!

E ele sempre guardou em seu bolso um raminho de palha. Nunca se sabe! Se seu destino voltasse a dormir, ele já saberia o que fazer para despertá-lo.

Rio Amarelo

Um conto da China

Era uma vez, na China, um jovem chamado Huang Ho, cujo nome significa "rio amarelo". Ele tinha o olhar confiante, ombros largos, pernas musculosas e era esbelto; um jovem, enfim, que toda mulher gostaria de um dia encontrar em sua vida. Mas Huang Ho não pensava no amor porque, em seu país, na época em que vivia, pensar no amor era pensar em casamento. E, para se casar, era preciso ter dinheiro. Ora, Huang Ho era pobre!

Para ganhar alguns trocados, ele caçava na floresta e depois ia vender na cidade o que havia conseguido matar. Além de belo, Huang Ho era excelente atirador de arco e flecha.

Certa noite, ele passava diante de um muro alto, de onde pétalas caíam docemente. Levantou a cabeça e viu, lá no alto do muro, uma jovem tão bela que precisou fechar os olhos. Quando os abriu novamente, ela já havia desaparecido.

Mas o perfume do amor entrou no seu coração. Em todas as noites daquele abril[7], ele voltou ao muro na esperança de revê-la. Finalmente, na primeira noite de maio, ela cruzou seu caminho. Ele correu até ela:

– Diga-me quem é você.

– Sou uma jovem menina!

– Não! Você é uma fada e sua beleza existe para me enlouquecer!

– Sou a filha do chefe de polícia, este homem poderoso que mora atrás do muro alto, num palácio. Todos os dias vejo você parado aqui, e hoje consegui vir ao seu encontro sem que ninguém percebesse!

A partir de então, eles se encontravam escondidos todas as noites. O amor entre eles cresceu e Huang Ho lhe disse:

– Adoraria casar com você, mas você está acostumada ao luxo e ao conforto e eu não tenho nada disso!

– Não preciso de luxo e conforto para viver – respondeu a filha do chefe de polícia – e adoraria me casar com você!

Porém uma noite a bela não apareceu no encontro.

Nem no dia seguinte, nem no outro.

Huang Ho perguntou aos vizinhos:

– Vocês sabem o que aconteceu com a filha do chefe de polícia?

– Bom – contaram –, o chefe de polícia soube do namoro da filha dele com você, pobre vagabundo, e ficou furioso! Ele prendeu a filha numa torre. Todo dia vai vê-la e lhe diz que ela se casará com o homem que ele escolher: “Não faz mal que ele seja velho, feio e autoritário, pois será rico e honrado!”. E todo dia, a filha responde: “Papai, eu me casarei com Huang Ho!”. Por isso, ela continua presa...

7. No hemisfério norte, o outono começa em abril. (N. do T.)

– Que homem mau! – exclamou Huang Ho. – Eu vou libertar a minha bela, mesmo que para isso eu tenha que matar o chefe de polícia!

Mas as pessoas falavam muito e as ameaças de Huang Ho chegaram aos ouvidos do chefe de polícia. Ele sabia que o jovem era um grande atirador de arco e flecha e teve medo. Pensou numa estratégia. E avisou para o povo que daria sua filha em casamento para aquele que conseguisse vencer uma difícil prova de arco e flecha.

No dia da competição, os pretendentes se apresentaram no pátio do palácio do chefe de polícia, cuja filha era bela e o pai, rico. E havia também uma multidão de espectadores que queriam ver como Huang Ho se sairia. O chefe de polícia subiu num estrado, pegou uma peça de cobre furada, passou um fio pelo buraco e depois a pendurou no galho de uma árvore, anunciando aos pretendentes:

– Recuem cem passos! Com uma só flecha, vocês devem alcançar o buraco da peça, e a flecha deverá ficar lá, espetada.

Um por um, os pretendentes miravam e atiravam... Mas as flechas jamais alcançavam o alvo e, envergonhados, eles sumiam no meio da multidão.

Logo chegou a vez de Huang Ho. Um grande silêncio se fez. Ele se apoiou firmemente sobre as pernas, escorregou a flecha no arco, mirou... e atirou.

A flecha cravou-se na peça e ficou lá!

– Ele vai se casar com a filha do chefe de polícia! – clamou a multidão.

– Há uma segunda prova! – gritou, então, o chefe de polícia.

– Não! Não estava previsto! Isso é injusto! – protestou a multidão.

– Calem-se. Eu sou o chefe de polícia, e o chefe de polícia decide! Huang Ho, recue mais cem passos! E com uma segunda flecha, você deve empurrar a primeira flecha para fora do buraco, deixando a segunda espetada no lugar dela!

Fez-se silêncio geral. Mesmo as moscas deixaram de voar, suspensas no ar, para olhar Huang Ho.

Huang Ho mirou e atirou. Sua flecha empurrou a primeira e ficou espetada na peça!

– Ele vai se casar com a filha do chefe de polícia!

– Calem-se, há ainda uma terceira prova! – gritou o chefe de polícia.

A multidão vaiou, ameaçadora, mas o chefe de polícia, um pouco pálido, subiu no estrado:

– Eu sou o chefe de polícia e o chefe de polícia decide! Recue mais cinquenta passos e, com uma terceira flecha, você deverá cortar a corda que mantém a peça suspensa e correr bastante para pegá-la antes que caia no chão!

Nenhum corredor do mundo, o mais veloz que fosse, conseguiria correr tão rápido para cumprir aquela tarefa.

Huang Ho murmurou:

– Homem desonesto!

Ele queria matar o chefe de polícia. Mas este conhecia bem as artes da guerra e não tirava os olhos de Huang Ho um só instante.

No entanto, ele apenas teve tempo de afastar a cabeça quando a flecha de Huang Ho passou zunindo por seus ouvidos.

– Prendam-no! – gritou o chefe de polícia. – Ele tentou me matar!

Mas a multidão se afastou para a passagem de Huang Ho e se fechou quando os guardas se aproximaram. Tão bem que o jovem conseguiu fugir para a floresta.

Na sombra de uma moita, Huang Ho começou a chorar. Ele tinha garantido a sua bem-amada que era um excelente atirador de arco e flecha. Mas ele não fora capaz de libertá-la!

Tomou, então, uma decisão: ficaria na floresta até que se tornasse o melhor atirador de arco e flecha do mundo.

Durante um ano, ele treinou, mirando em alvos cada vez mais distantes e cada vez menores. E ao final de todo esse tempo seus olhos eram mais agudos do que os do falcão e seus músculos, de aço.

Pouco antes de voltar para a cidade, ele viu um ponto negro, lá no alto, no céu. Mirou, atirou e o pássaro ferido caiu no chão. Era uma bela águia que, estranhamente, começou a falar:

– Cuide de meu ferimento, Huang Ho, e eu lhe contarei tudo que você quiser saber.

Huang Ho, espantado por ouvir um pássaro falar, cuidou do ferimento e lhe perguntou:

– Diga-me o que aconteceu com a filha do chefe de polícia!

– Peça-me o que quiser, menos isso! – gemeu a águia.

– Mas é a única coisa que me interessa saber! Diga-me o que aconteceu com a filha do chefe de polícia!

– Já que você quer saber, eu lhe direi... – respondeu o pássaro. – Sabe que a filha do chefe de polícia foi trancada numa torre e que toda noite seu pai lhe dizia: "Você casará com o homem que eu escolher. Mesmo que ele seja velho, feio e autoritário, mas rico e honrado!". E toda noite ela lhe respondia: "Eu me casarei com Huang Ho". E continuava trancada. Então, o chefe de polícia, um dia, disse que casaria sua filha mesmo se ela não concordasse. No dia de suas núpcias, ela estava linda, mas muito triste! Então, aproveitou um momento de distração de todos, subiu no muro alto e se atirou no vazio. Eu estava lá – continuou o pássaro. – E a escutei gritando, na queda: “Huang Ho! Huang Ho!”. Ela se espatifou no chão, sobre uma grande cama de pétalas brancas. E morreu na hora.

A águia voltou para o céu, mas viu Huang Ho chorando. Ele chorava tanto, mas tanto, que suas lágrimas se transformaram num córrego, o córrego se transformou num riacho, o riacho se transformou num grande rio e o grande rio destruiu tudo que estava em seu caminho.

Desde esse dia, *Huang Ho* não é mais o nome de um jovem, mas o do grande rio amarelo que atravessa a China.

Às vezes, ele sai do seu leito e devasta tudo que encontra pela frente. Então, as pessoas dizem que ele está à procura de sua bem-amada e que ainda não a encontrou.

Há alguns anos, os chineses construíram uma grande barragem para aprisionar Huang Ho. Eles que se cuidem: não se aprisiona um amor. Pois, se você quer amarrar o amor, tente primeiro amarrar o vento...

A RÃ GUARDIÃ DAS CHUVAS

Um conto do Vietnã

Nessa época, o Imperador do Céu e da Terra reinava sobre todas as coisas. Mas ninguém cuidava de nada e tudo estava de pernas para o ar.

O arroz nascia em árvores, as cenouras no fundo dos rios, as cerejas nos mamoeiros, os peixes andavam pelas estradas, os búfalos voavam pelos ares... Era uma verdadeira bagunça!

A situação no céu não era mais animadora: de noite raiava o sol, no verão a neve fervia no mar, por muito tempo a chuva se esquecia de chover... Uma loucura.

O Imperador do Céu e da Terra decidiu colocar um pouco de ordem na casa. Os homens e as mulheres já haviam descansado muito: a farra acabara! A hora era de começar o trabalho! Cuidar e cultivar a terra! Os homens responderam que adorariam trabalhar desde que o céu lhes enviasse o sol, a chuva e o vento, no momento e no lugar certo. Assim, as frutas e os legumes cresceriam de forma correta.

Então, o Imperador do Céu e da Terra foi procurar os dragões que moravam nos céus e os colocou para trabalhar.

O primeiro dragão tinha que mandar o calor do sol; o segundo regular as estações; o terceiro empurrar o vento, e o último fabricar a neve e o degelo. Mas o Imperador escolheu mal o dragão responsável pelas chuvas. Era um grande preguiçoso. Seu trabalho, na verdade, era muito cansativo: ele tinha que sobrevoar os mares, engolir enormes quantidades de água, filtrar e desprezar o sal, transformar a água em nuvens e empurrá-las para a água cair no lugar certo e no momento certo.

Eis que, certo dia, o Imperador do Céu e da Terra anunciou que faria uma longa viagem, visitaria outros planetas e descobriria outros mundos.

O Dragão das Chuvas ficou contente, pois não seria mais vigiado pelo Imperador. Ele, enfim, poderia descansar. Inventou as "primeiras férias pagas por tempo indeterminado", as FPTI, e dormiu profundamente.

Nenhuma gota de chuva caiu sobre a Terra. No começo, os homens se alegraram: dava para ficar brincando na rua, banhar-se, bronzear-se, fazer piqueniques diários sem ser incomodados pela chuva. Mas, rapidamente, veio a catástrofe: nada de chuva, nada de água nos rios; os peixes morriam de barriga para cima e exalavam um cheiro horrível; as flores murcharam; os legumes e as frutas não cresciam; não havia mais nada para comer... se continuasse assim, todo mundo morreria de fome e de sede!

E as coisas seguiam assim. Uma rã, certa manhã, olhou para o seu brejo, que não passava de uma pequena poça de água suja e fedida, e se irritou:

– Não quero virar pele de lagarto! Quero ser úmida e continuar úmida e vou reclamar disso!

Dizia-se que em algum lugar o Imperador do Céu e da Terra tinha colocado um tambor de reclamações para quem quisesse chamá-lo. Bastava bater nele para que o Imperador do Céu e da Terra escutasse as reclamações de seus súditos. Mas até agora ninguém tinha tido coragem de perturbá-lo; tinham muito medo de seus ataques de raiva. Tanto que até aquele momento o tambor ficara mudo. Ignorando que o Imperador da Terra e do Céu talvez estivesse muito longe para escutá-lo, a rã se dirigiu corajosamente até o tambor, apesar das recomendações de seus amigos.

Todos os bichos e todos os homens se esconderam, assustados com a ousadia da rã. E, de repente, com todas as suas forças, ela pulou em cima do tambor. Bateu, socou, bateu, socou, mas nada aconteceu: só se ouviu um ruído.

A rã se impacientou. Saltou e coaxou, fez uma algazarra tão grande que acabou acordando o Dragão das Chuvas.

– Quem ousa atrapalhar a minha soneca? O quê? Esta ridícula rã?

Ele chamou seus cães celestes, com dentes enormes e babas nojentas, e lhes disse:

– Vão lá para massacrar esta desprezível coisinha verde que ousa atrapalhar a minha soneca!

Os cães desceram latindo e se aproximaram da rã para triturá-la. Alguns animais ficaram com vergonha de sua própria covardia. E saíram do esconderijo para ajudar a corajosa rã, jogando-se na frente dos cães celestes.

Os tigres deram patadas com suas garras, o lobo mordeu, a abelha picou, o macaco pulou e a hiena exalou todo seu cheiro ruim.

Até que os cães fugiram para o alto, assustados e sangrando. O Dragão ficou impressionado com o poder dessa rã. E ela continuava! Socando, coaxando, socando, coaxando.

O Dragão das Chuvas se irritou novamente:

– Vou eu mesmo dar uma lição nesta atrevida!

Furioso, abriu a porta do céu e... deu de cara com o Imperador da Terra e do Céu.

O Imperador voltava de viagem. E já sabia da seca e da desolação na Terra. Ele estava muito bravo, e o Dragão das Chuvas ouviu poucas e boas. O Imperador da Terra e do Céu mandou que ele voltasse ao trabalho imediatamente. Com horas extras obrigatórias e não pagas, as terríveis HEONP!

Ele, em seguida, nomeou a rã "Despertadora Oficial do Dragão das Chuvas". E esse cargo honrado passou de geração em geração a todas as rãs.

É por isso que, quando a gente vê uma rã que pula e coaxa, pode ter certeza de que a chuva não vai demorar.

Mas, sempre que o Imperador do Céu e da Terra se ausenta, o Dragão das Chuvas aproveita para se vingar. Ele manda inundações ou secas, tempestades e tufões...

Quanto aos homens, ninguém mais hoje sabe onde está o tambor das reclamações. Com certeza, é por isso que o Imperador do Céu e da Terra não ouve mais as ladainhas quando a vida não anda muito boa...

“Você virá para me dar um beijo na boca”

Um conto do Taiti

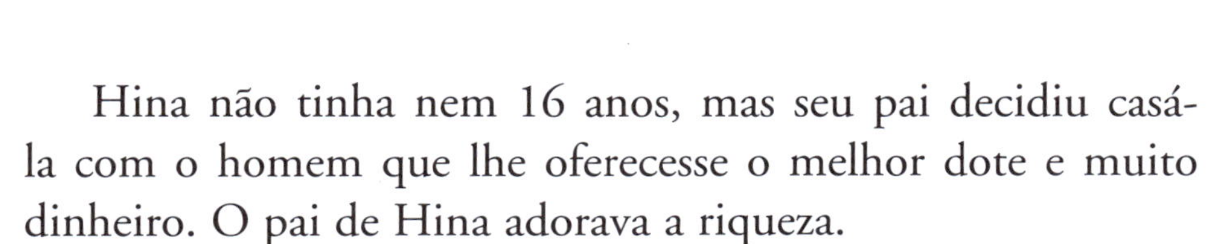

Hina não tinha nem 16 anos, mas seu pai decidiu casá-la com o homem que lhe oferecesse o melhor dote e muito dinheiro. O pai de Hina adorava a riqueza.

– Minha filha – disse ele, numa bela manhã –, esta noite um príncipe virá para o jantar. Torne-se bela e sedutora. Ele quer se casar com você.

Hina logo lhe obedeceu. Passou o dia pensando em seu príncipe, que com certeza seria belo, corajoso e a levaria para um lindo castelo rodeado por um parque com flores perfumadas. Ela já se imaginava princesa, cercada de criados e pedindo que eles lhe trouxessem flores, frutas e as iguarias mais raras.

Perdeu horas admirando-se no espelho, mudando de penteado vinte vezes, e mais trinta de vestido.

À noite, estava maravilhosa, e sabia disso.

Pouco antes de o sol se pôr, Hina ouviu uma grande concha soar no mar e viu um belo barco se aproximar.

– Aí está seu noivo – anunciou o pai.

O príncipe entrou no pátio e Hina gritou:

– Mas é uma... uma...

– Sim, é o Príncipe das Enguias – respondeu, um pouco apreensivo, seu pai. – Sei que ele não é lá muito bonito, mas não faça essa cara! Beleza não se põe na mesa! Ele é rico! E é isso que importa! Vamos, cumprimente-o!

Mas Hina já havia fugido. Ela correu pelas ruelas, saiu da cidade e subiu para as montanhas.

– Que tipo de recepção é esta? – esbravejou o Príncipe das Enguias. – Haviam me prometido uma jovem sábia e dócil, e vejo uma desaforada, que não me deixa cortejá-la!

E, enquanto falava, sua cabeça de moreia ia tombando da direita para a esquerda, suas mãos de barbatana batiam no ar de maneira ridícula e seu corpo liso e pegajoso ondulava de raiva. Ele se lançou a perseguir Hina.

Enquanto isso, a jovem, ofegante, alcançava o topo da montanha. Lá, encontrou um velho que fumava tranquilamente seu cachimbo.

– Sei o que traz você aqui, minha jovem! Descanse, comigo não há perigo.

Hina, pouco a pouco, se reanimou. Eis que se ouviram um farfalhar de folhas e uma respiração rouca. O Príncipe das Enguias, ondulante e rastejante, já estava na frente dela. Seu longo corpo se levantou e, com uma voz sibilina, o príncipe falou:

– Você teve a ousadia de desrespeitar o maior príncipe do mar! Venha cá imediatamente, minha vingança será cruel!

O velho homem se levantou lentamente e respondeu:

– Você não vai tocar num fio de cabelo dessa bela moça! Vá embora! E não use seu poder, nem se aproveite do desejo do pai dela em casá-la com você!

A enguia se retorcia de raiva quando respondeu:

– Saia da frente, velho fracote! Deixe-me levar essa jovem, pois ela me pertence!

E o príncipe avançou sobre Hina, com uma espada na mão. O velho se colocou no meio do seu caminho:

– Você sabe quem é este que você chama de velho fracote? Sou o Deus desta montanha e Hina é minha protegida. Vá embora!

O príncipe levantou sua espada acima da cabeça do velho Deus da montanha. Mas ele era muito mais rápido e, com um golpe de machado, decepou a cabeça da enguia, que caiu dentro de um buraco à frente. O corpo da enguia se contorceu e despencou do alto da montanha, mergulhando no mar, e então desapareceu.

Enquanto Hina tentava cobrir com terra a cabeça cortada, ouviu um murmúrio: – Um dia, garota, quando o céu for de fogo, você e sua família virão para me dar um beijo na boca.

Hina se assustou, mas o velho tentou acalmá-la:

– As cabeças de enguia cortadas dizem qualquer coisa!

Assim que a terra cobriu a cabeça, surgiu um redemoinho e um tronco de árvore começou a crescer, crescer, crescer... De repente, grandes folhas brotaram em sua copa e se transformaram num amplo guarda-sol.

Nunca, na memória de Deus ou do homem, havia se visto uma árvore semelhante.

– Tenho que encontrar um nome para ela – disse o Deus da montanha. – As coisas não existem sem nome. Deixe-me agora, que preciso pensar.

Hina voltou para a planície, mas ela não queria mais ver seu pai, que preferia o ouro à felicidade dela. Então, ela casou-se com um camponês e, juntos, tiveram duas belas crianças. E o tempo passou como só o tempo sabe passar.

Eis que chegou um ano em que a chuva se recusou a cair. O sol ardia. Os rios secavam, os poços se esturricavam, as flores murchavam, os animais morriam. As mulheres não tinham mais leite para alimentar os filhos recém-nascidos, nem havia mais água para matar a sede das crianças. Hina lembrou-se do doce velho da montanha. "Ele me salvou uma vez, talvez possa fazer alguma coisa por nós!"

Com seus dois filhos, ela subiu até o alto da montanha. E o velho estava lá:

– Eu estava esperando você, Hina! Veja como nossa árvore está bonita! Vou dar aos seus filhos uma coisa melhor do que a água!

O velho olhou para cima e gritou:

– Ei, Coco, mande-nos três frutas!

Um grande papagaio apareceu no meio da folhagem e respondeu:

– É pra já, caro mestre! Tome! Tome! Tome!

E o pássaro derrubou três enormes bolas marrons, que se pareciam um pouco com nozes felpudas e grandes.

O velho as apanhou e disse:

– Veja, Hina! Na casca desta fruta, há três manchas que formam dois olhos e uma boca. Vou furar a boca, você vai colar seus lábios nela e vai sugar!

Com uma faca, ele fez um buraco. Hina aspirou: um líquido açucarado passou por seus lábios. Enquanto o homem furava duas outras frutas para as crianças, ela bebia, e bebia com prazer. De repente, surgiram em sua memória as palavras do Príncipe das Enguias: "Um dia, garota, quando o céu for de fogo, você e sua família virão para me dar um beijo na boca". Mas ela não disse nada...

Do alto da árvore, o papagaio berrou:

– Então, não são boas estas nozes de coco?

Todas as crianças foram matar a sede nessa árvore maravilhosa. Depois, plantaram muitos e muitos coqueiros que teriam muitas nozes para matar a sede de todas as crianças do Taiti. De hoje e de amanhã.

A MULHER-PEIXE

Um conto das regiões polares

Era uma vez três irmãos.

O primeiro abatia a caça com uma única flechada; ele foi morar com sua mãe, na taiga, a grande floresta. Tornou-se um exímio caçador.

O segundo era rápido e alegre como o fogo. Casou-se com a filha de um criador de renas. Eles foram morar na tundra[8], a grande planície desértica.

O terceiro era manco e azarado. Não era preguiçoso, levantava-se cedo pela manhã e deitava-se tarde da noite, mas nada que ele fazia dava certo. Então, nenhum pai quis lhe dar a filha em casamento.

Ele foi morar sozinho na beira do mar. Saía para pescar num barco carcomido, bem perto do rio. Não era nenhum grande caçador de focas, trazia apenas alguns peixes para comer.

Um dia, no entanto, o pescador manco percebeu que a sua linha estava pesada. Ele a puxou com todas as suas forças e uma mulher saiu da água. Uma mulher-peixe... Como era

8. Região ártica caracterizada pela vegetação rasteira, de arbustos, musgos e liquens que revestem o solo. (N. da E.)

bela! Pele lisa, com reflexos prateados como o seixo à noite, sob a luz da lua. Seios redondos e brancos, como o leite, cabelos longos e pretos que ondulavam nas ondas... nos olhos verdes, guardava uma lembrança do verão.

Ele começou a puxá-la suavemente. Ela nem bem encostou-se ao barco e logo o enlaçou. A felicidade invadiu o pescador, que sentiu sua cabeça subir até as estrelas. Ele teve a impressão de que seu barco estava voando acima das ondas, que o mar subia para tocar o céu, e que o céu abaixava para enlaçar o mar.

Relâmpagos de sal queimavam seus olhos; lâminas de prazer dilaceravam seu ventre. Mas a mulher-peixe afastou-se dele, mergulhou na água e desapareceu.

O manco começou a chamar por ela. Insistentemente, ele chamou, chamou, mas apenas o ruído das ondas respondeu. Durante dias, ele a procurou. Foi com seu barco cada vez mais longe, para dentro do mar, gritou seu nome e, sempre remando, cantava:

Onde é que você nada, mulher-peixe?
O mar é vasto como minha tristeza
Toda esta água são minhas lágrimas
Terra solitária, minha cabeça vazia
Onde é que você nada, mulher-peixe?

Ele continuou a procurá-la durante muito tempo. Às vezes, cansado, dormia no barco e tinha sempre o mesmo sonho.

Sonhava que chamava pela mulher-peixe com todas as suas forças, mas nenhum som saía de sua boca... Depois, tudo era silêncio em torno dele.

No sonho, sentia que morreria sem nunca mais revê-la. Seus ossos estalavam, seu ventre se dilacerava.... Mas, de

repente, ele via a mulher-peixe! Com ela, voltava o som de sua voz, o barulho das ondas, o ruído do vento, o grasnar das gaivotas.

Ele mergulhava na água. A mulher-peixe o esperava e depois seguia seu caminho. Os dois nadavam sobre a crista das ondas sem fazer esforço e a lua brilhava apenas para eles, perdidos no mar.

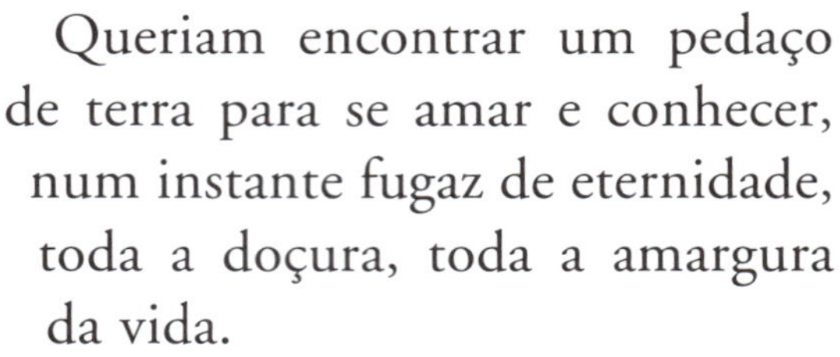

Queriam encontrar um pedaço de terra para se amar e conhecer, num instante fugaz de eternidade, toda a doçura, toda a amargura da vida.

Avistaram uma ilha. O pescador manco nadava com mais velocidade. A água já batia nos seus joelhos. Voltava-se para ela. E via que a mulher-peixe se debatia, presa nas armadilhas das águas e da areia. Então, ele retornava e a levantava nos braços. Nada como sentir sua pele lisa com reflexos prateados contra seu peito; o manco estava completamente apaixonado. Mas a mulher-peixe lhe dizia:

– Não posso amá-lo na terra. Devolva-me ao mar, devolva-me à grande liberdade!

Ele não tinha coragem de deixá-la. E a apertava mais forte. E via as lágrimas que corriam por seu rosto... Então, ele dava meia-volta e entregava a mulher-peixe para as ondas. Ficava olhando para ela, que recobrava a vida, lhe sorria e desaparecia...

Era sempre nesse momento que o manco acordava. Era um sonho ou realidade? E, quando voltava para seu vilarejo, todos riam dele.

– Apaixonado por um peixe! Ele é louco, esse manco!

Mas ele não os escutava e, no dia seguinte, partia novamente com seu barco mar adentro.

Certa noite, voltando para casa, ele viu, pendurada em sua porta, uma cabeça de boneca com os olhos furados. Algas viscosas saíam de sua boca. O pescoço da boneca estava enfiado no corpo de um enorme peixe aberto, com barbatanas ensanguentadas.

Na soleira da porta, colocaram um monte de peixes podres, com vísceras à mostra, que deixaram um cheiro horrível por toda redondeza.

O manco recuou, espantado. Então, as pessoas da vila saíram de seu esconderijo, rindo e cantando:

O manco está apaixonado
O cheiro do seu peixe é ruim
Seus beijos são salgados
O manco está apaixonado
Sua amante é pegajosa
O manco está apaixonado
Fala um monte de besteira
Seu peixe é uma mentira
Porque ele não existe!
Ah! Ah! Ah! Ah!

– Sim, ela existe! – gritou o manco. – Ela existe!

E jogou os peixes podres na cabeça dos seus inimigos.

Durante meses, ele esperou a mulher-peixe. E depois percebeu que ela não viria mais.

Uma manhã, na praia, ele escutou gritos e choros. Correu. E lá, na arrebentação, ele encontrou um bebê. As ondas o cobriam, voltavam e o recobriam novamente, com a espuma branca que mais parecia um leve lençol.

A criança olhou para o manco. E falou, como se soubesse falar desde sempre:

– Você é meu pai, eu sou seu filho.

E calou-se. O manco pegou a criança delicadamente, como se pega um tesouro precioso. Nada como sentir em seu peito aquele pequeno corpo quente, de pele lisa com reflexos prateados. Estava emocionado.

Então, ele o abraçou e o levou para sua casa.

O manco, de repente, tornou-se pai. Esta é a história.

Será que contou para seu filho da mulher-peixe?

A criança nunca falou dela. Depois, cresceu e tornou-se um belo jovem. E um famoso pescador! Sempre acreditando que o mar o esperava para encher sua rede de pesca.

O jovem casou. Com sua mulher, teve vários filhos, que formaram a família da mulher-peixe. Dizem que todos têm os olhos verdes como uma lembrança de verão e, quando olham para o mar, ganham ares sonhadores... Desde sempre, a cada festa, a cada nascimento, a cada casamento, no clã da mulher--peixe entoa-se este canto:

Onde é que você nada, mulher-peixe?
Seu ventre quente concebeu a vida
Você é a ancestral de nosso clã
Onde é que você nada, mulher-peixe?
Seus seios brancos como cabeças de foca
Alimentaram seu belo filho
Onde é que você nada, mulher-peixe?
Nossas filhas e filhos cheios de vida
Honrarão sempre o mar.

A Mulher Pluma e o Astro da Manhã

Um conto indígena da América do Norte

A tribo indígena instalou seu acampamento de verão na floresta.

Naquela época, os índios ignoravam as virtudes das plantas: não sabiam cultivá-las, colhiam apenas algumas frutas conhecidas, mas nem mesmo conseguiam plantá-las.

Então, era preciso aprender com as estações e seguir as florações.

A noite caía, e pouco a pouco o silêncio se instalava. Estava tudo tão doce, tão calmo que a Mulher Pluma, uma jovem e alegre índia, propôs à irmã ir dormir ao ar livre, sob a luz das estrelas. As duas não faziam as mesmas coisas que todo mundo. Principalmente a Mulher Pluma, que gostava de se afastar da tribo sempre que podia. Seus pais não se importavam, pois sabiam que elas voltariam para o trabalho.

Assim, na manhã seguinte, com um pouco de frio por causa do frescor do orvalho, elas se levantaram bem cedo. A Mulher Pluma olhou fixamente para o Astro da Manhã brilhando no céu que ia clareando gradualmente.

– Como esse astro é bonito! – exclamou. – Todas as manhãs, eu me sinto atraída por ele, como se ele me chamasse.

Sua irmã, zombando um pouco, lhe perguntou:

– Por que não se casa com ele?

– É mesmo, maninha! – respondeu a Mulher Pluma. – Seria maravilhoso me casar com ele e viver lá no céu.

Alguns dias depois, quando a Mulher Pluma colhia frutas na floresta, apareceu, vindo não se sabe de onde, um belo estrangeiro. Ele vestia roupa de couro curtido, com uma pluma amarela nos cabelos e um galho de cedro com uma aranha pendurada nas mãos.

Com voz doce, disse à Mulher Pluma:

– Você me chamou e eu vim; sou o Astro da Manhã.

A Mulher Pluma sentiu seu coração bater violentamente. Suas mãos tremiam; o cheiro do desconhecido a fazia se lembrar do aroma de erva-doce e dos pinheiros da floresta. Sua cabeça girava.

O homem se aproximou mais e murmurou:

– Venha comigo para o mundo de cima. Há muito tempo a vejo viver. Há muito tempo desejo que seja minha mulher.

A Mulher Pluma ficou perturbada e não soube bem o que responder:

– Deixe-me ao menos que eu me despeça de minha família antes de partir.

– Não: é agora ou nunca.

Ele passou para ela a pluma amarela que estava em uma mão e o galho de cedro que estava na outra:

– Feche os olhos, minha aranha celeste vai tecer uma escada que levará você até minha morada.

A Mulher Pluma fechou os olhos, como se toda a vontade própria tivesse fugido de seu corpo. Ela se sentiu suspensa, mais leve do que o ar. A viagem lhe pareceu infinita e, no entanto, muito curta...

Quando abriu os olhos, já estava lá em cima, no céu. Ela viu quatro tendas dispostas em círculo em torno dela e, a seu lado, o Astro da Manhã.

– Esta aqui é a tenda do meu pai, o Sol. Aquela, a da minha mãe, a Lua. Esta é a minha, e a outra da aranha que nos liga à Terra com sua escada de fio. Meu pai saiu. Ele não concorda muito com este casamento. Ele diz que uma mulher de baixo não pode viver com os de cima. Mas eu não acredito em nada disso.

Nesse momento, a Lua saiu de sua tenda, sorridente e luminosa. Ela estava coberta de camurça, tinha um colar com dentes de uapiti[9] e o seu vestido era ornado com pinturas mágicas. Dirigiu-se à Mulher Pluma e falou:

– De agora em diante, você é uma das nossas. Espero que saiba fazer feliz o meu filho, que foi buscá-la no reino lá de baixo. De agora em diante, seu lugar é aqui, já que você mesma o escolheu, e não deverá jamais voltar ao seu antigo lar ou sentir saudades dele.

9. Também conhecido como veado-vermelho, é comum no hemisfério norte. Tem pelagem avermelhada e seus chifres, muitas ramificações. (N. da E.)

– Mas meus pais e minha irmã vão ficar preocupados com o meu sumiço!

– Eles vão procurar você, vão chorar, e depois a vida continuará. É o preço que se paga para viver com aquele que se ama! Se quiser partir, ainda está em tempo.

A Mulher Pluma abaixou a cabeça e teve vontade de chorar. Ela então percebeu o olhar cheio de ansiedade daquele que ela escolhera para ser seu marido e respondeu:

– Eu fico!

E foi assim que a Mulher Pluma se casou com o Astro da Manhã. O amor entre eles era tão forte que até mesmo o Sol foi, pouco a pouco, aceitando a presença da jovem.

Durante meses, a Lua ensinou à nora os segredos das plantas, as virtudes medicinais e tudo de bom que se poderia aproveitar delas. Ainda lhe ofereceu uma enxada muito resistente para desenterrar as raízes e as plantas comestíveis. E lhe contou sobre a arte de plantar grãos, para que novos pudessem nascer.

Certo dia, ao se aventurar mais longe do acampamento, a Mulher Pluma reparou num enorme nabo. Ele era maior do que um cavalo e estava com uma metade para fora da terra. Claro, se é que se poderia chamar de terra aquilo que havia lá em cima, no Céu!

Ela quis desenterrá-lo, mas a Lua veio correndo:

– Você não pode tocar neste nabo! Isso traria desgraça para nós! Nunca tente desenterrá-lo! A Mulher Pluma prometeu que obedeceria e, durante vários meses, ela se manteve longe do nabo. Tanto que, rapidamente, se esqueceu dele. Sua vida estava tão alegre, tão nova, tão diferente; o Astro da Manhã a amava tanto cada noite que os dias passavam como longos sonhos embebidos da doçura de seus abraços.

Depois, a Mulher Pluma ficou grávida e deu à luz um menino rechonchudo, alegre e bonito, que ela chamou de Pluma de Astro.

Sua felicidade era completa. Quanto tempo isso ainda duraria? Semanas, meses, talvez anos?

Certa manhã, a Mulher Pluma sentiu uma espécie de espinho apertando seu coração, uma vozinha que queria sair da sua cabeça e que ela caçava como uma abelha. Mas o espinho apertava cada vez mais. Às vezes, a Mulher Pluma parava de cantar e seus olhos se enchiam de melancolia. Ela não conseguia entender o que a voz do espinho lhe falava, mas o Astro da Manhã percebeu o que estava acontecendo. Ele sabia muito bem. Quando ele a pegava nos braços, sentia sua ausência. E então suspirava e a deixava em paz.

Mas eis que os passos, apesar de sua vontade, conduziam a Mulher Pluma até a raiz maléfica. Até que, não suportando mais, ela começou a desenterrá-la com sua enxada. Mas o nabo era forte. Durante dias, escondida de todos, ela cavou e cavou para desenterrá-lo. Mas ele estava tão profundamente cravado na terra que ela não teve sucesso.

Um dia, ela encontrou dois grous[10] no céu. Ela os chamou e os pássaros pousaram ao seu lado.

– Desenterrem este nabo – pediu a Mulher Pluma.

– Tem certeza de que quer fazer isso?

– Claro! Quero saber o que tem embaixo dele!

10. Grous são aves de planícies e zonas pantanosas de todo o mundo, com exceção da América do Sul e da Antártica. São grandes, têm pernas e pescoço longos, bico reto e penas de coloração branca, cinza ou marrom. (N. da E.)

Então, mesmo com muita resistência, os dois pássaros lhe obedeceram e começaram a bicar o nabo, que, curiosamente, saiu da terra com facilidade, abrindo um grande buraco no Céu.

A Mulher Pluma se curvou e viu a Terra e, sobre a Terra, o acampamento de sua tribo.

Ela viu as crianças brincando, as mulheres procurando água, os homens rindo, a vida, sua vida de antes e da qual ela já havia esquecido. Então, todas as suas lembranças emergiram e lágrimas rolaram de seu rosto.

À noite, quando voltou para as tendas, a Lua e o Astro da Manhã estavam tristes e silenciosos. Quando amanheceu, o Sol deixou explodir sua raiva:

– A Mulher Pluma olhou novamente para os seus. Mesmo que ela continue a viver conosco, seu espírito estará eternamente em outro lugar. Ela deve voltar para a Terra! Ela não será mais feliz aqui e não trará felicidade para o meu filho.

A Mulher Pluma sabia que ele estava dizendo a verdade.

Sem uma palavra, o Astro da Manhã trouxe seus fios envoltos numa pele de camurça e passou seu colar de dentes de uapiti em torno do pescoço dela.

Ele colocou a pluma amarela em uma das mãos de sua mulher. Na outra, o galho de cedro onde estava a aranha e lhe disse suavemente:

– Feche os olhos... Aquele que veio da Terra deve, sem dúvida, à Terra voltar. Fale para o nosso Pluma de Astro. Para que ele não esqueça jamais de onde veio e quem é seu pai. Se um dia ele quiser vir, o Céu será sempre sua casa...

A Mulher Pluma fechou os olhos, sentiu que descia, e a viagem lhe pareceu novamente infinita e curta ao mesmo tempo...

Na Terra, os índios viram uma estrela brilhante que ia até a aldeia. Quando ela pousou no solo, admirados, reconheceram

a Mulher Pluma, que davam como morta havia muito tempo. E perceberam, também, que ela carregava nos braços uma linda criança.

A Mulher Pluma reencontrou sua vida de antes, mas nunca mais foi a mesma. Ela viveu só, educando seu belo filho. Ensinou à tribo tudo o que aprendera lá em cima com a Lua: as plantas que curavam e as que alimentavam. Mostrou para eles a cebola e o nabo, o segredo das raízes e o mistério das plantações. Na aldeia, todos a respeitavam por seus conhecimentos, mas também a temiam um pouco...

A cada alvorada, a Mulher Pluma despertava e olhava para cima, esperando encontrar o Astro da Manhã, seu homem, seu marido. Quando ela morreu, Pluma de Astro, que já era um jovem, também desapareceu. Uma jovem afirmou que o havia visto na floresta, com um galho de cedro na mão, e que uma aranha o esperava. De repente, ele ficara suspenso no ar e desaparecera no céu...

Mas será que se pode acreditar no que jovens sonhadoras contam?

Diz-se que, nesse dia, uma nova estrela apareceu no céu. Mas elas são tantas lá em cima, como saber se é mesmo verdade?

Coração de coelho para a senhorita Jaguar

Um conto do México

No tempo em que a floresta cobria toda a Terra, no tempo em que o homem ainda não existia, o Coelho tinha orelhas bem pequenas, patas bem pequenas e um rabo bem pequeno. Era bem pequeno na grande floresta! Os animais poderosos riam dele. Mas o Coelho não tinha um cérebro bem pequeno, e isso ninguém via...

Naquele ano, o Coelho se apaixonou por uma princesa da floresta, a senhorita Jaguar. Todo dia ele ia até seu palácio, uma majestosa árvore, e lhe declamava poemas de amor que faziam derreter a pedra mais dura.

Mas a senhorita Jaguar ria com todos seus dentes de onça-pintada.

– Coelho, você acha que com essas palavras vai me fazer esquecer dessa sua cara raquítica? Veja como você é pequeno! Além disso, essas suas orelhas minúsculas são ridículas! Eu sou grande, forte e ágil, uma autêntica felina! Só poderei amar aquele que me oferecer poder e majestade! Chispe da minha frente!

O coração apaixonado do Coelho ficava ferido. Mas, principalmente, sua alma de coelho era humilhada e esfarrapada pela senhorita.

Ele decidiu, então, procurar o grande deus Quetzalcoatl, a serpente emplumada.

– Oh! Grande Deus! Todos os animais riem de mim porque sou pequeno e tenho orelhas bem pequenas! Faça com que eu fique grande e forte!

Quetzalcoatl sorriu, porque sabia a verdadeira razão que fazia com que o Coelho quisesse ser grande! Toda a floresta ouvia suas declarações de amor! Mas o deus não gostava de mudar as criações da Terra. Se cada um viesse procurá-lo para melhorar o tamanho do nariz, a cor do pelo ou o formato dos olhos, ele não terminaria nunca! Além do mais, ele não era cirurgião plástico! E não gostava de ser incomodado em suas meditações. Então, com astúcia, ele disse:

– Coelho, se você conseguir me trazer uma pele de macaco, uma pele de jacaré e uma pele de jaguar, talvez eu possa fazer alguma coisa por você.

O deus tinha certeza de que o Coelho não conseguiria e que o deixaria, então, em paz. Mas o Coelho, tão pequeno, tinha um cérebro grande, mesmo que a gente não visse...

No caminho de volta, o Coelho escutou um macaco gritar num galho. Ele se instalou ao pé da árvore, pegou uma pedra de ponta afiada e fingiu que estava se golpeando no peito, na altura do coração. A cada golpe, ele dava uma cambalhota para trás, morrendo de rir. Depois, deixou a pedra e foi embora. O Macaco Gritador, brincalhão que adorava rir, desceu da árvore, pegou a pedra e bateu com força no coração. A pedra entrou no seu peito e ele morreu. A partir desse dia, os macacos nunca mais bateram no peito com pedras. O Coelho retirou sua pele, enrolou-a cuidadosamente e foi embora com ela.

O Coelho chegou ao rio onde devaneava o Jacaré.

– Bom dia, rei do rio! E se a gente jogasse bola?

Nessa época, o jogo de bola era a distração favorita dos jacarés. Eles lançavam a bola com sua cauda, que funcionava como uma espécie de raquete. Mas, como o Coelho não tinha uma bola, ele pegou uma pedrinha redonda, jogou para o Jacaré, e ele a devolveu rapidamente com sua cauda. E *ping!* E *pong!* E *ping!* E *pong!* O Jacaré estava contente. Eis que, no meio de duas jogadas, o Coelho trocou discretamente sua minúscula pedra por uma bem maior e a lançou... direto no olho do Jacaré, que caiu morto!

O Coelho retirou sua pele, enrolou-a cuidadosamente e foi embora com ela.

A partir desse dia, os jacarés nunca mais jogaram bola.

O Coelho voltou para a floresta e encontrou um enorme jaguar macho:

– Bom dia, príncipe da floresta! Tenho uma má notícia para lhe dar. Nosso deus, Quetzalcoatl, não está contente com a crueldade dos grandes animais contra os pequenos indefesos. Ele quer nos afogar num grande dilúvio! Escute, se você quiser escapar dessa tragédia, eu posso amarrá-lo no galho mais alto de sua árvore, bem firme, para que as ondas não consigam levar você!

O grande animal – que tinha um cérebro minúsculo – aceitou a proposta. E, assim que ele estava firmemente amarrado, o Coelho, com sua pedra pontuda, o matou, retirou sua pele e a enrolou cuidadosamente. A partir desse dia, os jaguares e os coelhos nunca mais se deram bem.

Com as três peles debaixo do braço, o Coelho foi procurar Quetzalcoatl, a serpente emplumada. Mas, quando o deus percebeu que o pequeno animal havia conseguido aniquilar três animais ferozes, pensou: "Se eu lhe der mais poder físico, o que será que ele não vai fazer?! Ele vai querer tomar o meu lugar!".

Então, Quetzalcoatl sentiu-se invadido pela raiva. Ele apanhou o Coelho pelas orelhas e o girou, girou e girou sobre a sua cabeça. A cada volta, as orelhas do Coelho aumentavam e aumentavam. Até que a serpente mandou o Coelho pelos ares... E o Coelho, com presença de espírito, colocou suas patas traseiras na frente para amortecer a queda.

A brutalidade da aterrissagem fez com que elas também se esticassem, num escorregão memorável! A partir desse dia, os coelhos passaram a ter orelhas grandes e as patas traseiras mais compridas que as da frente.

Quanto à senhorita Jaguar, quando viu o Coelho com suas orelhas enormes num corpinho pequeno, caiu na gargalhada. Riu tanto que o Coelho quis morrer de vergonha.

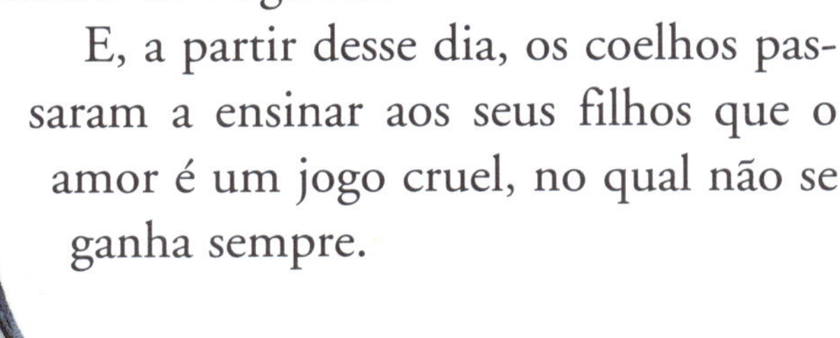

E, a partir desse dia, os coelhos passaram a ensinar aos seus filhos que o amor é um jogo cruel, no qual não se ganha sempre.

N'Golo e Bendé-Bendé

Um conto da África do Sul

Era uma vez dois macacos que se chamavam N'Golo e Bendé-Bendé. Eles tinham um rabo muito, muito comprido e braços também muito, muito compridos. Tudo isso para que pudessem se pendurar nas árvores e dormir tranquilos: N'Golo e Bendé-Bendé eram os macacos mais preguiçosos da Terra. Eles eram capazes de cochilar o dia inteiro, dormir a noite toda e, na manhã seguinte, ainda acordar tarde. Preguiçosos, preguiçosos, preguiçosos...

No entanto, naquela manhã, N'Golo disse:

– Estou com fome, a gente precisa encontrar alguma coisa para comer...

– Tem bastante coco na árvore ao lado, mas a gente vai ter que ir até lá – respondeu Bendé-Bendé.

– E, mesmo que a gente vá até a árvore ao lado, ainda vai ter que colher os cocos.

– E, além disso, a gente vai ter que quebrar a casca jogando o coco no chão, para só depois comer.

– Mais ainda: a gente vai ter que descer da árvore para pegar os cocos quebrados!

– É muito cansativo! – disse Bendé-Bendé.

– Escutei falar que o Bolbol, o Sapo, vai comer na casa da sogra. Talvez a gente pudesse ser convidado! – propôs N'Golo.

– Me parece uma boa ideia!

– É! Bendé-Bendé! Agora que já temos um projeto para comer, podemos descansar um pouco... – suspirou N'Golo.

Exaustos por terem tido uma boa ideia, os dois macacos voltaram a dormir.

Nesse instante, Bolbol já estava a caminho. Ele passou na frente dos macacos, que dormiam com os punhos fechados e que nem se deram conta de sua passagem. Ainda andou um bocado e passou diante de Robert, a Serpente.

– Aonde é que você vai, Bolbol, o Sapo?

– Comer na casa da minha sogra!

– Posso ir com você?

– Claro! Onde come um, comem dois!

E Robert, a Serpente, foi atrás de Bolbol, o Sapo.

Eles andaram um bocado e passaram diante de Misses, a Avestruz:

– Aonde é que vocês dois vão, tão quietinhos?

– Filar um bom almoço na casa da minha sogra! – disse Bolbol.

– Posso ir com vocês?

– Claro! Onde comem dois, comem três!

E Misses, a Avestruz, foi atrás de Robert, a Serpente, que ia atrás de Bolbol, o Sapo.

Eles andaram um bocado e passaram diante de Crocô, o Crocodilo.

– Aonde é que vocês três vão? Sempre sou o último a saber!
– Filar um belo jantar na casa da minha sogra! – disse Bolbol.
– Posso ir com vocês?
– Claro! Onde comem três, comem quatro!
E Crocô, o Crocodilo, foi atrás de Misses, a Avestruz, que ia atrás de Robert, a Serpente, que ia atrás de Bolbol, o Sapo.

Eles andaram um bocado e passaram diante do Leopardo do Pântano.
– Aonde é que vocês quatro vão? Respondam, senão eu os devoro aqui mesmo!
Esse era o jeito do Leopardo do Pântano falar. Ele sempre queria devorar todo mundo, mas na verdade nunca fazia nada.
– A uma grande festa real na casa da minha sogra! – apressou-se Bolbol.
– Posso ir com vocês?
– Claro! Onde comem quatro, comem cinco!
E o Leopardo do Pântano foi atrás de Crocô, o Crocodilo, que ia atrás de Misses, a Avestruz, que ia atrás de Robert, a Serpente, que ia atrás de Bolbol, o Sapo.

Eles andaram um bocado e passaram diante da Princesa Riberinha.
– Aonde é que vocês vão, meus queridos?
– Comer uma gigantesca refeição de festa na casa da minha sogra! – respondeu Bolbol.
– Posso ir com vocês?
– Fique na sua cama – interferiu o Leopardo do Pântano. – Você nos irrita com suas boas maneiras e sua etiqueta!

O Leopardo do Pântano precisava passar o tempo dando bronca em todo mundo... mas eles já estavam acostumados com isso e até o provocavam por gozação.

– Fique quieto, Leopardo! – retrucou Bolbol. – Claro, minha bela princesa, venha conosco. Onde comem cinco, comem seis.

E a Princesa Ribeirinha foi atrás do Leopardo do Pântano, que ia atrás de Croco, o Crocodilo, que ia atrás de Misses, a Avestruz, que ia atrás de Robert, a Serpente, que ia atrás de Bolbol, o Sapo.

Eles caminharam ainda mais um bocado... Quando, de repente... ouviu-se na floresta um grande e assustador barulho:

– RÂÂÂÂHHHH!

Era o Leão, Rei Autoproclamado, que tinha acabado de acordar de sua soneca. Ele se estiiiiiiiicou, ele aaaaaaabriu seus oooooolhos... E viu todos os animais da floresta andando em fila indiana!

"Aonde é que vão todos esses imbecis?", pensou ele. "Não vou perguntar nada, mas vou segui-los para saber..."

Eles andaram, subiram, correram, e alguém até cantava, mesmo que isso deixasse o Leopardo do Pântano irritado. O Leopardo do Pântano não gostava de música. O Leopardo do Pântano não gostava de um monte de coisas na vida, a não ser de dar bronca, mas todos já estavam acostumados e nem ligavam!

E finalmente eles chegaram... à casa da sogra de Bolbol, o Sapo!

Ela havia preparado uma boa comida, mas não em grande quantidade. Bem pouca, na verdade: era o suficiente para um pequeno sapo.

Havia uma bela torta de geleia de lesma, um copo de suco de barro com romã e uma bola de sorvete de mosca...

Nada que alimentasse uma Serpente, uma Avestruz, um Crocodilo, um Leopardo do Pântano, uma Princesa Ribeirinha e um Leão, Rei Autoproclamado!

Mas a longa caminhada dera muita fome nos animais. Então, furiosos, Robert, a Serpente, engole Bolbol, o Sapo; Misses, a Avestruz, degusta Robert, a Serpente; Crocô, o Crocodilo, destrincha Misses, a Avestruz; o Leopardo do Pântano empanturra-se com Crocô, o Crocodilo; a Princesa Ribeirinha afoga o Leopardo do Pântano; e o Leão, que estava com sede, engole a Princesa Ribeirinha!

Depois dessa grande festa, o Leão se sentiu um pouco pesado: voltou para a floresta para tirar um cochilo. Não deveria. Porque, alertado por todo aquele barulho, chegou o Caçador-Grande-Caçador, cuja especialidade era matar os leões reis autoproclamados saciados.

E ele dormia, indefeso, com uma barriga enorme!

O Caçador-Grande-Caçador não teve dúvidas: mirou, atirou e matou o leão.

Quando viu que o animal estava morto, o caçador se aproximou, pegou sua faca e abriu a barriga do leão. Eis que a Princesa Ribeirinha saiu de lá de dentro. Ele abriu a barriga da Princesa Ribeirinha e o Leopardo do Pântano saiu de lá de dentro. Ele abriu a barriga do Leopardo do Pântano e Crocô, o Crocodilo, saiu de lá de dentro. Ele abriu a barriga de Crocô, o Crocodilo, e Misses, a Avestruz, saiu de lá de dentro. Ele abriu a barriga de Misses, a Avestruz, e Robert, a Serpente, saiu de lá de dentro. Ele abriu a barriga de Robert, a Serpente, e Bolbol, o Sapo, saiu pulando como uma mola, e começou a correr, correr, correr...

Passou novamente diante de N'Golo e Bendé-Bendé, os dois macacos preguiçosos. Bendé-Bendé abriu um olho:

– Aonde é que você vai, Bolbol?

– Comer na casa da minha tia!

– Podemos ir com você?

– Não! Lá só tem comida para um. Onde come um, três não comem!

E Bolbol se safou correndo...

– Você viu, N'Golo? – disse Bendé-Bendé. – Comer com Bolbol não era uma boa ideia!

– Mas eu estou com fome!

– Ainda tem os cocos...

– Ah, não! Os cocos... é muito cansativo. Ah, Bendé-Bendé, eu tive outra ideia.

– Mais uma!

– E se a gente comesse amanhã?

– Claro, que boa ideia! Vamos comer só amanhã.

E N'Golo e Bendé-Bendé, fatigados, voltaram a dormir...

Catherine Gendrin (1957-2010), autora francesa, cursou Artes Plásticas e trabalhou como ilustradora de livros infantis antes de se tornar contista, em 1985. Suas histórias englobam várias culturas ao redor do mundo.

Laurent Corvaisier nasceu na França, em 1964. Pintor, ilustrador e professor de Arte na École Nationale des Arts Décoratifs e na Corvisart-Tolbiac, em Paris, ilustrou mais de vinte livros infantis.

fontes Garamond e Tiepolo
papel Offset 120 g/m²